LE PARC AUX ROSEAUX

DU MÊME AUTEUR

CHINATOWN, éditions du Seuil, 2009.
T. A DISPARU, Riveneuve éditions, 2012.
L'ASCENSEUR DE SAIGON, Riveneuve éditions, 2013.
PARIS 11 AOÛT, Riveneuve éditions, 2014.
UN AVRIL BIEN TRANQUILLE A SAIGON, Riveneuve éditions, 2017.
LETTRES A MINA, Riveneuve éditions 2020.

Titre original :
Công viên những cây sậy
Éditeur original :
Phanbook

Ce projet a obtenu la bourse de création du CNL en 2020.

ISBN 978-2-330-17758-4

THUÂN

Le Parc aux roseaux

roman traduit du vietnamien
par Yves Bouillé

ACTES SUD

I

Cet endroit du parc, un petit parc du 12e arrondissement non loin du bois de Vincennes, dont j'avoue ne pas me souvenir du nom, revient parfois dans mes rêves matinaux. Mais ce n'est qu'aujourd'hui qu'il m'est apparu avec précision, tandis qu'un étudiant montrait à la classe un de ses clichés. La photo n'avait rien de particulier et je ne suis même pas sûre qu'elle ait été prise à Paris. Un vieux banc de bois et de longues tiges effilées…

Le ciel était gris ce jour-là, c'était peut-être le jour le plus gris de l'automne. Une averse venait de prendre fin, laissant derrière elle des flaques sur l'allée de gravier. Nous étions assis côte à côte, en silence. J'avais pris la main de P. Dans le parc, il n'y avait rien d'autre que les cris des corbeaux et les roseaux blancs.

Était-ce ce rendez-vous qui m'avait poussée à rentrer au pays quelques mois plus tard avec toutes mes affaires ? Je ne saurais en être sûre. "Finis ta thèse d'abord !" m'avait dit mon père au téléphone. "Trouve-toi un petit travail pour t'occuper !" dit-il la semaine suivante. "Ne rentre pas maintenant, ne fais pas la même erreur que moi !" dit-il la dernière fois. Depuis Saigon, mon père dirigeait ma vie. Il savait par ses relations en France qu'au XXIe siècle le diplôme de littérature de sa fille ne lui serait pas d'un grand secours pour trouver du travail, et risquait même de constituer un obstacle à son parcours. Mon père n'aurait jamais cru que la patrie de Voltaire et de Victor Hugo serait un jour tombée si bas. Sa voix gémissait à l'autre bout du fil : "De mon temps, la littérature et la philosophie n'étaient réservées qu'à l'éducation noble."

Ce fut l'une des rares fois où le mot *noble* sortit de la bouche de mon père. À son retour au pays, il avait dû le rayer de son vocabulaire. Plus tard, alors que nous grandissions, il employait l'adjectif *différent(e)*, que je considère, bien qu'un peu vague, comme le reflet de son rêve inavoué : ma sœur et moi devions absolument avoir une éducation *différente*.

Dès notre plus jeune âge, il nous avait appris qu'il existait un monde *différent*, au-delà des frontières de notre pays en forme de S.

Des romans français volumineux, aux couvertures rigides, que mon père avait rapportés avec lui à Hanoi par le train de la Réunification, avaient atterri sur notre pupitre. Ces livres, dont ma sœur et moi ne comprenions que quelques mots, furent emportés trois ans plus tard à Saigon avec nos affaires pour atterrir de nouveau sur notre pupitre, dans un nouvel appartement. Mon père les voyait comme une lumière en cette période obscure et non comme l'élément déclencheur de notre passion pour la littérature. Il ne lisait pas ces romans. Le rapport qu'il entretenait avec la littérature était une sorte de vénération : il se contentait de la regarder de loin.

Quelque temps avant mon retour au pays, je m'étais demandé ce qui avait le plus de sens pour moi : rentrer au Viêtnam ou rester en France ? Un dimanche après-midi dans mon petit appartement parisien, en me réveillant d'une sieste consécutive à plusieurs nuits d'insomnie, je réalisai soudain que le jour où je pourrais enfin vivre pour moi-même – s'il advenait – après avoir accompli ce que mon père attendait de moi serait sans doute bien banal. Je ne parvins pas à imaginer ce que j'aurais pu faire pour occuper cette journée. Allongée sur mon lit, je regardai passer les nuages par-delà le vasistas de la mansarde. Six heures du soir en été. Quelques oiseaux se sont envolés, avant de disparaître dans le ciel qui s'obscurcissait doucement. Une montgolfière flottait dans les airs. Si seulement j'étais poète. Si en quelques mots je pouvais retranscrire tout le vide de cette soirée. Peu après, une pluie torrentielle s'est abattue, les nuages se sont affolés, le flot incessant de l'eau sur le vasistas a épuisé mes yeux. Je me levai de mon lit, abandonnant mon rêve de faire de la poésie et renonçant à l'idée d'écrire à P, ne fût-ce que quelques mots. Ne fût-ce que pour lui dire que je n'en pouvais plus de ma thèse. Sans que P dise quoi que ce soit, j'avais compris qu'il savait ce qui m'attendait avec un diplôme en littérature. Un modeste poste de secrétaire dans une jeune entreprise ou de prof vacataire en ZEP. Le salaire minimum et un logement en banlieue. J'avais compris ce que P n'avait pas voulu me dire.

P ne m'a pas accompagnée à l'aéroport. Il n'était même pas au courant de mon départ. Qu'a-t-il pensé de mon absence ? Peut-être rien. Nous avions des tas de bonnes raisons pour ne pas nous revoir : j'aurais très bien pu abandonner mes études pour me marier ; et mon mari viêt kiêu[1], médecin généraliste ou ingénieur informaticien, fils de bonne famille et pouvant nous offrir un appartement et une voiture à crédit, n'aurait pas été d'accord pour que je continue d'entretenir une amitié avec un autre homme, un homme blanc de surcroît. P avait bien essayé de ne pas me ranger dans la case "femme asiatique", mais sans doute à ses yeux n'avais-je pas pu échapper aux "trois obédiences et quatre vertus" confucianistes. En fin de compte, notre relation n'était pas assez profonde pour qu'il puisse me comprendre davantage. Je l'ai imaginé, après notre rendez-vous dans le parc aux roseaux, après que le bus m'eut emportée, saisir fébrilement son téléphone et demander en mariage la femme de sa vie. Ensemble, ils auraient franchi les portes de l'hôtel de ville vêtus de blanc, à l'instant même où mon avion se serait posé sur le tarmac, lui aussi d'un blanc de sel grillé, éblouissant sous le soleil tropical.

Mon père fut le premier à prononcer mon nom à l'aéroport de Saigon. *"Comment vas-tu ma chérie*[2] ?"* m'a-t-il demandé en me reluquant des pieds à la tête, tandis que je réalisai avec stupeur qu'il parlait le français avec l'accent de Marseille. Je me souvins que durant notre jeunesse, il nous expliquait que sa prononciation n'était pas académique. Comme pour se racheter, lorsque ma sœur eut huit ans et moi six, il nous chercha un professeur de français. Les voisins

1. Vietnamien ayant émigré à l'étranger. *(Toutes les notes sont du traducteur.)*
2. Les mots et expressions en italique suivis d'un astérisque sont en français dans le texte.

hanoïens des années 1980 avaient la vue et l'ouïe très aiguisées. La police de quartier venait toutes les semaines avec le chef de district et son sous-chef inspecter quelques foyers sensibles, dont le nôtre. Je revois encore mon père en train de leur expliquer que Mme Mai Chi était une proche amie de mes grands-parents et qu'elle adorait les enfants. Que les voisins, le chef de district et son sous-chef l'aient cru ou non, eux seuls auraient pu le dire. Mais tous avaient pitié de cet homme rachitique qui se rendait plusieurs fois par semaine à vélo jusqu'au village de Ngoc Ha et ramenait l'enseignante de français pour les leçons de ses filles, avant de la raccompagner chez elle, même sous les pluies battantes de la mousson du Nord-Est, même sous le soleil cuisant de juillet. Tout le monde disait que cela l'aurait soulagé d'avoir une mobylette. Ou qu'il aurait mieux fait pour l'avenir de ses filles de leur trouver une enseignante de russe. Mon père les entendait et se taisait pour seule réponse. La pitié est très mal vécue dans le monde *différent*, mais à Hanoi en ce temps-là, elle constituait une bouée de sauvetage pour bien des gens. En fin de compte, c'est grâce à la pitié de nos voisins que ma sœur et moi pûmes recevoir nos premières leçons de français.

Mon père n'avait gardé aucune photographie du temps de ses études en France. Je ne pouvais pas m'imaginer son visage lorsqu'il était jeune, encore étudiant à l'université de Marseille. Un jour en banlieue parisienne, M. Son, un de ses parents éloignés, me montra son vieil album et me mit au défi de retrouver mon père parmi les photos. J'eus droit à trois essais mais me trompai à chaque coup. "Tu n'auras pas de quatrième chance", me dit M. Son avant de me montrer un grand jeune homme émacié, à la chevelure fournie, au teint hâlé, au nez aquilin et aux yeux presque fermés, sourire jusqu'aux oreilles. À la maison, mon père souriait rarement. Quand cela se produisait, c'était d'un sourire forcé. Les voisins nous disaient souvent à ma sœur et moi que notre père aurait bien besoin d'une femme pour retrouver son équilibre. Au moyen de mots énigmatiques, ils nous expliquaient que l'homme et la femme étaient comme le *yang* et le *yin*, comme ciel et terre : deux éléments inséparables de la nature, ne pouvant exister l'un sans l'autre. Ils demandaient au passage des nouvelles de notre mère : Comment va-t-elle ? L'avez-vous vue récemment ? Votre beau-père est gentil avec vous ?

Mon père n'ignorait sans doute pas tout cela – les voisins faisaient exprès de parler suffisamment fort pour que rien n'échappe à ses oreilles. Toutefois, leurs questions ne semblaient pas l'affecter le moins du monde. Je guettais ses réactions à travers la fenêtre ouverte, mais il se gardait bien d'émettre le moindre froncement de sourcils ou le moindre pincement de lèvres. Son visage était aussi placide que la surface du lac de l'Épée Restituée[1] les jours de grande chaleur à Hanoi. Mon père semblait adepte du *zen*, mais j'avais deviné qu'il passait son temps à calculer : peu de temps après son retour au pays, il avait compris qu'une vie de désintéressement serait utopique. Si en France les livres nous enseignent : "Je pense donc je suis", au Viêtnam la vie nous apprend : "Je calcule pour ne pas mourir."

1. Le lac de l'Épée Restituée est situé en plein cœur de Hanoi.

Plus tard, je compris que le départ de notre mère n'avait pas représenté une grande perte d'après ses calculs. Les revenus mensuels de la famille avaient certes diminué de moitié, mais il avait pu en contrepartie décider de tout pour ses deux filles. Il n'avait pas le sentiment de manquer d'une femme, car nous étions ses *petites dames**. Il nous appelait ainsi lorsqu'il était content. *"Mes petites dames, je suis à votre service** ", disait-il tout en décidant de nos vies à notre place : pour moi, ce serait Paris et la littérature française ; pour ma sœur, Saigon et un mariage avec le fils d'un haut responsable du régime. À ses yeux, mon futur doctorat en lettres classiques représentait le succès, et le nouveau statut social de ma sœur allait permettre ce succès.

II

P avait le sentiment que mon père habitait mon appartement. Je lui répondais que c'était ma sœur qui payait mon loyer tous les mois. Je ne lui ai jamais parlé de mon beau-frère. P ignorait qu'il était le fils aîné d'un cadre haut placé du Parti. À dire vrai, lorsque je fis la connaissance de P à Paris au début des années 2000, je ne savais rien non plus de mon beau-frère, si ce n'est qu'il avait longtemps convoité ma sœur. Depuis mon retour, j'en ai appris davantage sur lui, notamment qu'il avait reçu la bénédiction de mon père le jour où celui-ci s'était rendu au consulat français pour s'enquérir du coût de mes études prochaines à Paris. Le mariage de ma sœur fut organisé en grande pompe à Saigon, quelques mois plus tard. Sur la photo qu'on m'avait envoyée, mon père était en costume-cravate, au côté de ma mère en *ao dai*[1] traditionnel. Il avait l'air étranger à tout cela, avec ses yeux sans expression et son sourire forcé.

P avait raison lorsqu'il disait que mon père habitait mon appartement, bien que je fusse à Paris et lui

1. Habit traditionnel vietnamien, constitué d'une tunique longue fendue sur les côtés et d'un pantalon en soie.

à Saigon. Si je n'ai jamais eu besoin d'un radio-réveil ou d'un agenda durant ces dix dernières années, c'est bien grâce aux appels matinaux de mon père. Il m'arrivait parfois de débrancher la prise du téléphone pour pouvoir faire des nuits complètes. Mais alors retentissait la sonnerie tonitruante de mon portable. Et toujours, la voix de mon père à l'autre bout du fil, qui me rappelait ce que j'avais à faire, la semaine de mes partiels, le jour de mon contrôle de connaissances, l'heure de mon rendez-vous avec ma directrice de thèse, jusqu'à l'horaire de mon bus, à la minute près. Et plus on avançait dans le temps, plus il songeait à mon calendrier de soutenance de thèse.

Même lors de mes rendez-vous avec P, je répondais aux appels de mon père. Les oreilles de P se dressaient aussitôt, même s'il ne comprenait pas un traître mot de vietnamien. La dernière fois, il s'était penché vers moi et m'avait dit à voix basse :

— Si tu voyais ta tête…

— J'ai un sourire forcé ? ai-je demandé.

— Le sourire de quelqu'un qu'on vient de pousser dans la tombe, avait-il acquiescé avant d'ajouter : Tu es une éternelle petite fille…

Avant même que P n'achève sa phrase, je compris qu'il avait besoin d'une femme adulte ou *accomplie*, comme on dit en France. Mon père ne connaît pas l'existence de P. L'imagination est sans aucun doute le talon d'Achille de son système de pensée. Il eut été bien incapable d'imaginer sa fille cadette rencontrer qui que ce soit. Rien que m'imaginer allongée sur mon lit à regarder passer les nuages serait au-delà de ses facultés. De la poésie ? Mais à quoi ça sert ? La seule image qu'il pouvait avoir de sa fille durant ses études à Paris, c'était assise, le dos bien droit devant son ordinateur, tapant sur le clavier, les mots défilant sur son écran. S'il pouvait ajouter quelques détails au tableau, ce seraient la lampe de bureau qu'il avait demandé à ses amis d'acheter pour le confort de mes yeux astigmates, les boîtes de gingembre confit qu'il m'envoyait pour ma gorge cyclothymique ou un livre de recherche en littérature que ma sœur avait commandé pour moi… Ses sentiments envers sa fille aînée semblaient s'être améliorés avec le temps. Au début, je crus que cela était dû à mon absence. Mais à la longue, je finis par comprendre que c'étaient plutôt les cartes de crédit de ma sœur qui les avaient rapprochés. Mon père n'avait besoin de rien pour lui-même mais il voulait le meilleur pour sa fille cadette, qu'il espérait voir vivre une vie *différente*, dans un monde *différent*. Le jour où j'annonçai à mon père que je rentrais au pays fut-il le plus sombre de son existence ?

Sur la photo de mariage de ma sœur, le collier doré et le *ao dai* en velours noir brodé de dragons rouges ne parvenaient pas à faire oublier les cheveux blancs de ma mère, ni les rides aux coins de ses yeux. Mais elle semblait excitée comme une puce et s'efforçait de garder le sourire. Bien sûr, elle n'aurait jamais pu s'offrir un vêtement aussi onéreux – ma sœur n'avait pas voulu perdre la face devant sa belle-famille. Mon père arborait lui aussi un costume que ma sœur avait fait tailler spécialement pour lui, et au côté de ma mère durant toute la cérémonie, il avait salué les invités, remercié la belle-famille, serré la main de ses camarades, donné des accolades et trinqué avec les amis du marié. Il était prêt à tout pour que ses filles bénéficient d'un solide soutien. Quelques mois auparavant, au consulat français, où il s'était enquis de la procédure à suivre pour mes études, on lui avait donné une idée du budget nécessaire pour vivre à Paris et il avait été horrifié par les prix des loyers.

À l'aéroport de Saigon, mon père prononça mon nom. Derrière sa joie, je pouvais sentir sa déception – ce sempiternel sourire forcé. Son costume datant du mariage de ma sœur était toujours comme neuf, mais trop large pour lui. Ses cheveux avaient blanchi et des rides profondes marquaient le coin de ses yeux. Comme ma mère sur la photo du mariage. Mais si les signes de l'âge étaient apparus chez elle depuis bien longtemps, ils n'avaient rendu visite à mon père que très récemment. Pour être exacte, le jour où je lui avais annoncé mon retour. La semaine dernière, au chevet de son lit d'hôpital, ma sœur m'avait dit, d'une voix encore pleine de stupéfaction : "Tous ses cheveux noirs ont disparu en une nuit !" Quelques minutes avant le décollage de l'avion, mon téléphone portable avait encore sonné, et dans le bruit strident des moteurs, je l'avais entendu dire : "Ne rentre pas maintenant, ne fais pas la même erreur que moi !"

— J'ai une petite surprise pour toi, me dit mon père dans le taxi, avant d'indiquer au chauffeur une adresse proche du centre-ville.

Ma sœur tourna la tête vers lui. Dix années lui avaient suffi pour devenir une matrone aux grands airs et chacun de ses doigts avait pour mission d'arborer sa collection de diamants. La voiture tourna dans une petite rue tranquille du quartier Da Kao et ma sœur passa l'une de ces précieuses mains dans sa chevelure ondulée, dont les boucles retombaient sur sa poitrine :

— Il faut reconnaître que Papa a l'esprit d'investissement.

S'ensuivit tout un flot de mots que j'entendais pour la première fois en vietnamien : Dégel. Compensation. Zonage. Constructibilité. Indemnisation. Projet d'aménagement. Autorisation. Droit de propriété. Plan local d'urbanisme… Elle dit qu'à mon départ, la langue française l'avait désertée pour partir avec moi. Mais elle n'avait rien à craindre : si elle se rendait à Paris, elle m'emmènerait pour lui servir d'interprète. Durant tout le trajet en taxi, elle n'avait pas dit un mot sur son mari. Je ne l'avais vu que sur la photo du mariage. Dans le journal distribué à bord du vol de Vietnam Airlines, j'avais appris que le beau-père de ma sœur avait de fortes chances d'être promu lors du prochain congrès du Parti.

L'appartement avec deux chambres était doté d'un balcon donnant sur un jardin avec piscine :

— Je te l'ai acheté avec mon propre argent ! déclara mon père solennellement, avec un sourire forcé, comme s'il venait de m'offrir un palais. Je n'avais pas encore ouvert la bouche pour le remercier qu'il ajouta :

— Je me suis renseigné auprès de mes anciens camarades qui travaillent dans l'enseignement supérieur en France : de nos jours, il est possible de faire sa thèse *à distance**.

J'étais stupéfaite. Je connaissais bien mal mon père. Son corps rachitique renfermait un optimisme forcené. Rien ne le faisait céder. À peine eussé-je grimpé dans l'avion qu'il avait déjà échafaudé son nouveau plan : pour me pousser à poursuivre mes études, il m'offrait un F3. Je voulus lui dire que j'en avais assez de ma thèse. Mais la vue de ses cheveux blancs me fit garder le silence. Son costume, trop grand pour lui, m'attendrissait. Et l'appartement était si charmant. Lorsque j'étais à Paris, je rêvais d'un balcon, très haut perché, pour échapper à la sensation d'être coincée entre les immeubles, pour ne plus avoir à m'allonger sur mon lit pour voir passer les nuages au travers d'un vasistas.

Je regardai ses mains basanées. Je lui demandai avec quel argent il avait pu acheter cet appartement, dont je devinais le prix faramineux.

— Je l'ai acheté en dessous du marché. En partie grâce aux prix dont bénéficie ton beau-frère.

C'était la première fois qu'il parlait du mari de ma sœur. Sa voix s'étouffa un peu. Il évita de la regarder. Elle aussi détourna les yeux.

Mon père me fit la promotion de la résidence, qu'on pouvait qualifier d'"immeuble de standing" selon le jargon saïgonais du XXIe siècle, avec son nom très américain, "Green Paradise", avec ses petites allées sinueuses bordées de flamboyants bleus, une essence nouvellement importée d'Australie d'après mon père et qui fleurissait à Noël ; au centre du jardin, une piscine couleur d'azur ; et non loin de là, sur une pelouse veloutée fraîchement tondue, trônait un frangipanier aux fleurs d'une blancheur si immaculée qu'on les aurait crues en plastique. L'appartement que mon père m'avait acheté était parmi les plus petits. Les autres étaient deux à trois fois plus vastes. D'autres encore étaient en duplex – on dit qu'ils sont très appréciés pour l'intimité qu'ils procurent. Les appartements situés au dernier étage, appelés *penthouses*, étaient réservés aux nantis. Depuis le balcon, mon père me montra un jardin luxuriant planté d'immenses palmiers :

— Tu vois, là, c'est la villa d'une chanteuse célèbre, il y a même une piscine et une salle de gym privée. Elle a aussi un ascenseur privé, qui mène directement dans le salon.

Il m'expliqua que les promoteurs accordaient des prix d'ami aux célébrités, dont la seule présence leur faisait une publicité remarquable. Avant de baisser la voix :

— Je suis bien content d'avoir pu te dénicher cet endroit, ainsi vas-tu finir ta thèse en toute tranquillité.

Je ne répondis rien et pensai à P. "Félicitations pour ta nouvelle cellule, tu as bien mérité ta prison cinq étoiles !" aurait-il dit à coup sûr s'il s'était trouvé là.

Avec son immanent sourire forcé, mon père me confia :

— Pendant que tu étudiais la littérature à Paris, je me suis amusé : j'ai appris à investir à Saigon. J'ai pu me constituer un petit pécule. En cas de besoin, tu pourras même sauter dans un avion pour aller voir ta directrice de thèse.

Je me forçai à sourire. Sans même me voir dans une glace, je savais que ce sourire me venait de lui.

— Pour l'instant je voudrais juste prendre un peu de repos.

Mon père ne réagit pas. Sur son visage, je voyais la surface du lac de l'Épée Restituée, les jours de grande chaleur à Hanoi. Ma sœur déboula du salon :

— Si tu as besoin de meubles, fais-moi une liste, je te ferai livrer.

— Et comment va maman ? demandai-je tout à trac. Pourquoi personne ne me parle d'elle ?

Ma voix me parut incisive. Ma sœur regarda mon père. Mon père me regarda. En réalité, je ne me souciais pas vraiment de ma mère. J'avais seulement peur de leur excès d'optimisme. Je n'étais à Saigon que depuis une demi-journée.

III

Le soir tombait par-delà la baie vitrée. Quelques nuages projetaient leur ombre sur la surface de la piscine. Sur le bord, un homme entre deux âges était allongé à plat ventre sur une chaise longue en rotin, son minuscule slip rouge contrastant avec son corps blanc pataud et luisant. Sur la chaise voisine, une jeune femme aux cheveux noirs, en bikini à pois dévoilant une silhouette svelte, s'appliquait de la crème solaire sur la gorge. Des papillons multicolores voletaient autour du frangipanier resplendissant de fleurs blanches. Les pelouses soigneusement entretenues léchaient les terrasses des appartements du rez-de-chaussée. Une atmosphère de quiétude que l'on trouve rarement à Paris, où la vie quotidienne tient en trois mots : *métro-boulot-dodo**. Sur la route depuis l'aéroport, par la vitre du taxi, j'avais aperçu dans un quartier qui concentrait un grand nombre d'hôtels de poche quelques touristes européens en tee-shirt et en short, nu-tête sous le soleil de plomb. Certains chevauchaient une moto, une main tenant une canette de bière et l'autre tâtant du klaxon. D'autres traînaient leurs claquettes sur le bitume fumant. Ils semblaient apprécier Saigon : tout y est bon marché, les sourires permanents, la nourriture excellente et les habitants respectueux. Et envers les hommes, le respect est d'autant plus grand : les femmes vietnamiennes les regardent en déglutissant et les parents ne demandent qu'à leur offrir leurs filles en mariage. En France, on meurt à petit feu de la crainte du chômage malgré un bac+5. Ici, trouver du travail n'est jamais compliqué pour les Occidentaux. Pour eux, le système de parti unique n'est pas un problème, ils trouvent même que les médias capitalistes en rajoutent des tonnes. Mais pourquoi diable les Vietnamiens sont-ils prêts à dépenser des sommes folles pour venir vivre à Paris ? doivent-ils penser. Paris, cette ville chère et arrogante ? Et tout ça pour quoi ? Pour enfermer leurs gosses dans des amphis et des bibliothèques glacials ? Ou travailler comme des forcenés dans des restaurants chinois douteux ?

Lorsque la porte se referma derrière mon père, ma sœur me demanda tout de go :

— Alors ça y est, tu as un mec ?

Je ne répondis pas. P ne savait même pas que j'étais rentrée à Saigon. Notre dernière rencontre remontait à notre conversation dans le parc aux roseaux.

— Il est français ?

Sa question me fit sursauter. Elle regarda en direction de la piscine :

— Entre les hommes français et les femmes vietnamiennes, ça a l'air de bien *fonctionner*.

Je sentais de l'envie dans sa voix.

Durant plusieurs minutes, elle observa le couple de la piscine : était-ce l'un de ses fantasmes ? Qu'entendait-elle par *fonctionner* ? Mon père, lui, était bien incapable de deviner quoi que ce soit. Je sentais une amertume dans ma gorge. Il ne savait pas que ce diplôme qu'il m'avait poussée à décrocher par tous les moyens m'avait fait prendre les études en grippe. Par moments, j'aurais voulu pouvoir lui dire au téléphone depuis Paris que c'en était plus qu'assez, que j'aimerais mieux devenir baby-sitter ou serveuse que de bûcher comme une dingue pour commenter des verbiages d'écrivains.

Le *pho* au poulet me réconforta. Pour mon premier dîner à Saigon, ma sœur nous avait invités mon père et moi à déguster des spécialités de Hanoi. Mon père ne toucha pas à ses baguettes. Il aimait me regarder happer mes nouilles à grand bruit. Quelques clients se retournèrent : ma gloutonnerie ne s'accordait guère avec l'élégance de la robe blanche et des doigts endiamantés de ma sœur. Aucun ne pouvait se douter que cela faisait presque vingt ans que je n'avais pas mangé un *pho* au poulet, notre plat préféré lorsque nous habitions Hanoi. Ma sœur et moi n'osions alors que humer son fumet de loin, en souvenir des rarissimes occasions où notre mère le préparait dans la petite cuisine au toit couvert de carton bitumé, lorsqu'elle vivait encore avec nous.

Ma sœur me regarda fixement. Depuis mon retour au pays, je n'étais toujours pas habituée à son regard. Comment avait-elle déniché ce restaurant servant des spécialités de Hanoi dans une ville où les habitants accommodent leur *pho* au bœuf avec de la sauce *hoisin*[1] et des germes de soja – une hérésie pour tout Hanoïen qui se respecte ?

1. Sauce d'origine cantonaise de couleur brun foncé, à base de pâte de soja fermenté, au goût sucré.

À Paris, dans le 13e arrondissement, j'allais quelquefois avec P dans le tout petit restaurant d'une femme vietnamienne qui n'avait que deux plats à la carte : du *pho* au bœuf et du *bo bun* mais toujours servis avec une corbeille de menthe et de basilic frais, arrangés comme des branches de bonsaï. La première fois, P fut surpris de nous voir converser toutes les deux en français. Je lui expliquai que durant les années 1950, le grand-père de la patronne avait conduit femme et enfants à pied depuis le Centre du Viêtnam jusqu'à Phnom Penh, pour quelques décennies plus tard emmener toute la famille (qui s'était agrandie entre-temps) se réfugier à Khao-I-Dang afin de fuir les Khmers rouges. C'est dans ce camp de réfugiés de l'Est de la Thaïlande que chaque membre de la vaste famille attendit le verdict du Haut Commissariat des Nations unies pour les réfugiés.

— C'est donc le hasard qui les a amenés à Paris ?

P semblait très surpris par cette histoire. En effet, dans le camp de réfugiés, ils avaient dû participer à un tirage au sort. Un oncle de la patronne fut emmené en Suède, un autre en Nouvelle-Zélande, une de ses tantes put s'établir au Canada et une autre en Australie. Dans sa famille, son père fut l'unique membre à être accueilli par le gouvernement français. Depuis qu'ils étaient partis chacun de leur côté, ils ne s'étaient revus qu'une seule fois.

— As-tu déjà songé à te marier juste pour les papiers ? m'a demandé P ce soir-là, après que nous avions fait l'amour.

J'ai fait comme si je n'avais rien entendu, mais je me suis promis que si plus tard je devais dire *oui* à quelqu'un, ce ne serait pas à P. Hier, je me suis souvenue de cette promesse, tandis que mes étudiants discutaient bruyamment d'un tout nouveau roman vietnamien à l'eau de rose, l'un de ceux qui se vendaient comme des petits pains… : *Il me faut un mari comme toi*. Ils trouvaient ce titre très romantique.

J'exprimai mon envie d'un autre bol de *pho*. Mon père, ravi, appela le serveur mais ma sœur, qui me regardait tendrement à travers ses longs cils de poupée, me conseilla de garder plutôt de la place pour une compotée de graines de lotus. À l'époque, je ne pouvais savourer ce dessert agrémenté de quelques glaçons et de filaments de coco frais, graine après graine, qu'en fin d'année scolaire, lorsque je ramenais à la maison un bulletin relié par un papier marron épais comme du buvard rempli de bonnes notes. Lors d'une réunion de parents d'élèves, ma professeure principale avait conseillé à mon père de m'inscrire au cours de russe du Club de la jeunesse. Mon père la remercia d'un hochement de tête, mais ne répondit pas. La langue de la patrie de Lénine lui rappelait de mauvais souvenirs. Sa venue à Saigon était un calcul entrepris il y a fort longtemps, peu après son retour de France. Ses amis l'avaient aidé à trouver du travail dans un institut de recherche et une petite chambre, juste assez grande pour y caler deux lits pour nous trois. Bien sûr, à la police de quartier, on lui avait conseillé de rester à Hanoi : "C'est bien trop tumultueux là-bas pour quelqu'un comme vous." Puis on lui a conseillé d'y réfléchir. Mon père s'est creusé la tête durant des mois sans deviner le sens caché de ces paroles. *Tumultueux* ? La radio de Hanoi ne nous rappelait-elle pas chaque jour que Hô Chí Minh-Ville avait "atteint son objectif de maintenir la paix sociale" ? Jusqu'à quand comptaient-ils le garder à la capitale ? Avec le temps, il finit par comprendre qu'il y avait un obstacle dans son dossier, que ses années passées en France, qu'il considérait comme les plus belles de sa vie, étaient devenues un point noir aux yeux des autorités.

Un jour, P m'avait emmenée avec enthousiasme au MK2 Beaubourg, où avait lieu un festival de films allemands. Nous vîmes un documentaire sur la vie des citoyens de Berlin-Est enrôlés par la Stasi. Après le film, nous prîmes un café à côté du cinéma. P était songeur, il ne toucha même pas à son cappuccino. Assise à ses côtés, je feuilletais le programme. Soudain P me demanda :

— Au fait, en quelle année es-tu arrivée à Saigon ?

— En 1984.

— Et ta famille a obtenu tout de suite un livret d'enregistrement résidentiel[1] ?

— Oui, sinon je n'aurais pas pu aller à l'école.

— C'est-à-dire qu'après une période de refus, ton père a finalement obtenu l'autorisation pour être envoyé à Saigon ?

— C'est ça.

— Et il faut une autorisation pour recevoir ce document ?

— Bien sûr.

— Sais-tu comment ton père les a obtenus ?

1. *Hô khâu* : document associant un citoyen à une commune de résidence, également en vigueur en Chine *(hukou)* et en Corée du Nord *(hujo)*. Offrant à son détenteur des droits sociaux en matière de santé et d'éducation, il constitue également pour les États un outil de contrôle des flux migratoires de population de la campagne vers les villes.

— Je ne me suis pas posé la question à l'époque, j'étais trop petite.

— Et tu l'as su par la suite ?

— Non.

— Et si ton père avait collaboré avec les autorités ?

Je mis de côté ma tasse de café à moitié bue. Au retour dans le bus, j'envoyai un message à P : "Tu m'as fait honte avec tes questions." Dix minutes plus tard, je me rendis compte que je m'étais trompée de ligne et que je me trouvais dans une banlieue dont je ne connaissais pas le nom. Par chance, un autre passager m'offrit un ticket juste avant l'arrivée des contrôleurs.

IV

— Viens enseigner dans mon université, tu toucheras vingt millions de dongs[1] par mois pour une heure de cours par jour.

Ma sœur me fit entrer dans son immense dressing tout en lambris, contigu à sa chambre. Des robes y étaient suspendues à des cintres et le sol était tapissé de paires de chaussures et de sacs à main hors de prix que j'avais aperçus dans les vitrines des Champs-Élysées.

— Prends ce que tu veux, me dit-elle.

Ce que je traduisis par : "Sois décente et ne me fais pas honte." Je baissai la tête pour faire mon choix – fermai les yeux, devrais-je dire, tant la brillance du cuir m'obligeait par instants à détourner le regard. Je devinai qu'un seul d'entre ces vêtements devait équivaloir à un ou plusieurs mois de salaire moyen français. Cette garde-robe de milliardaire avait permis à ma sœur de se faire une place parmi le gratin de la ville, où paraître deux fois dans la même tenue est une faute qui laisse des traces indélébiles.

1. 20 millions de dongs vietnamiens équivalent à environ 730 euros, un salaire assez confortable au Viêtnam.

Ce soir, elle n'était pas maquillée, elle avait laissé ses yeux *nus*, selon l'expression en vogue. Sous la lumière électrique, de petites cicatrices transparaissaient sur ses paupières habituellement camouflées par d'épais cils de poupée. Était-ce là ce qui me faisait redouter son regard ? Je me demandais par moments si l'on n'avait pas échangé ma sœur contre une autre.

Depuis mon retour, j'avais réalisé que Saigon était devenu un paradis de la chirurgie esthétique. Les femmes n'avaient besoin que de quelques heures pour ressortir de l'institut de beauté avec une arête nasale, de grands yeux à doubles paupières, la peau blanchie et une opulente poitrine, "comme les Européennes", et toutes rêvaient d'un visage allongé avec un menton en V, critère de beauté emprunté au Japon et à la Corée.

Au fil des essayages, ma sœur, en me regardant dans le miroir, m'ordonna de me mettre de face, puis de dos, d'essayer telle paire de chaussures, tel sac à main ton sur ton. Sa conclusion fut sans appel :

— Hum. Décidément, le luxe ne te va pas du tout.

J'opinai du chef : j'en avais tout à fait conscience. Et je connaissais aussi le niveau d'expertise des jeunes étudiantes qui seraient bientôt mes élèves.

Finalement, ma sœur me laissa porter ma robe noire, une robe en soie très large et sans manches, achetée dans le quartier d'Alésia juste avant un rendez-vous avec P. Elle me choisit un mascara, me mit du rouge à lèvres et du fond de teint. Sortant d'un sac un collier en platine, elle m'ordonna de le mettre à mon cou, puis recula pour évaluer l'ensemble. Un instant plus tard, elle secoua la tête en silence et je retirai le collier.

Le premier jour, elle m'emmena à l'université dans sa voiture avec chauffeur et me conduisit à la direction. Il n'y avait qu'une centaine de mètres à parcourir à compter du portail, mais cela nous prit près d'une demi-heure : à chaque pas, ma sœur était arrêtée par les employées de l'école, soit pour lui demander quel était son secret pour embellir ainsi de jour en jour, soit pour la complimenter sur sa superbe robe ou sa splendide coiffure... Un homme entre deux âges s'empressa de jeter sa cigarette allumée, s'approcha mains tendues pour la saluer, puis lui demanda des nouvelles de son mari. "Et comment va monsieur ? Est-il content de son poste à Hanoi ?" Dans la salle réservée à la direction, seule se trouvait une dame âgée, au visage austère et aux vêtements démodés, pianotant sur un clavier d'ordinateur. Nous voyant entrer, elle se leva brusquement pour dire à ma sœur qu'elle avait vu la veille le discours de son beau-père à la télévision, le complimentant sur sa prestance et sa diction toujours bien audible. Ma sœur agita la main pour l'interrompre, et dit d'un ton solennel en me désignant :

— Ma jeune sœur sera responsable des cours de français à compter d'aujourd'hui.

La vieille dame tenta de cacher sa surprise, m'invita à m'asseoir, se tourna vers ma sœur et lui dit que tout irait pour le mieux.

Avant de sortir de la pièce, ma sœur s'approcha de moi et me glissa à l'oreille pour me rassurer :

— En fin de compte, tu n'as aucun besoin de te déguiser, ton français est ton accessoire le plus précieux et ça, l'argent ne peut l'acheter.

Je pouffai de rire. Elle parlait comme les attachés culturels de l'ambassade de France. La francophonie, en voilà une illusion : la langue française semblait être tombée aux oubliettes au Viêtnam depuis Diên Biên Phu. Je laissais les illusions aux Français. Malgré dix années d'études à Paris, je devais encore faire des recherches pour savoir où se trouvaient le Café de Flore, les Galeries Lafayette, le salon de thé Ladurée, le Moulin-Rouge et le musée Grévin : la veille, après avoir accepté la proposition de ma sœur, j'avais jeté un œil aux forums étudiants. Pour mes futurs élèves, la découverte de ces luxueuses maisons était le but même de leur apprentissage de la langue de Molière, et pour eux la seule différence entre Dumas et Duras résidait dans la lettre du milieu. Il était bien plus rapide et émouvant de regarder l'adaptation de *L'Amant*, film qui avait lancé la mode des doubles tresses et du chapeau en feutre d'homme, dont la couleur porte le nom romantique de "rose cendré". Malgré ses quelques millénaires d'existence, mon peuple n'a jamais renoncé au romantisme.

Nos regards se croisèrent au terme de cette première journée de mon métier d'enseignante. Alors que je franchissais la grille de l'université, il apparut devant moi en costume noir comme s'il allait à un enterrement et me demanda :

— *Quoi de neuf à Paris**[1] ?

Je ne sus quoi lui répondre. Il ouvrit un parapluie qu'il porta au-dessus de ma tête, un parapluie en tissu noir lustré, aussi grand qu'un parasol – je ne savais pas qu'on en faisait encore.

L'automne approchait à Saigon, mais le soleil dissimulé par d'épais nuages de poussière déversait

1. Clin d'œil au titre d'une chanson vietnamienne populaire : *Paris co gi la không em ?*

encore son feu sur la ville. Le carrefour au croisement des artères principales était un gigantesque chantier. Les gratte-ciels en construction, les échafaudages vertigineux et les piliers en béton aux armatures d'acier apparentes ressemblaient de loin à des meutes de dinosaures dressés sur leurs pattes, prêts à gober la foule à leurs pieds. Les centres commerciaux poussaient comme des champignons mais ne semblaient toujours pas étancher la soif de cette nouvelle société de consommation qui avait relégué au placard des années de manioc et de larmes-de-Job[1]. Saigon cherchait par tous les moyens à s'accorder au rythme des grandes métropoles nord-américaines, où les boat people des années 1970 et 1980 avaient trouvé refuge, dans les bras du capitalisme. À côté, Paris faisait figure de ville dépassée.

Nous marchions sous son parapluie noir. Quelques passants nous regardèrent en fronçant les sourcils. Une femme arrêta même sa moto, retira son masque antipollution et me fixa en écarquillant les yeux. Peut-être ma robe noire lui avait-elle fait croire que j'étais en deuil et que le défunt m'était si proche que sa mort m'avait rendue folle. Car il faut avoir perdu la tête pour marcher au soleil, sous un étrange parasol noir, tenu par un homme qui semble gambader, lui aussi vêtu de noir des pieds à la tête. Dès notre rencontre, lui et moi avions créé une facétie noire sur cette avenue Nguyên Huê, blanche comme le sel grillé. Je ne sais pourquoi il gambadait ainsi. Ma première impression de lui fut son air enjoué. Tout le contraire de P. Mon homme parisien

1. Ces denrées constituaient l'essentiel de l'alimentation au temps de la guerre du Viêtnam et du rationnement.

ne portait jamais de noir, mais il laissait transparaître une perpétuelle amertume, dont je n'ai jamais vraiment compris la cause.

V

Si le pessimisme est la maladie chronique des Français, l'optimisme est le plus grand point commun des Vietnamiens. Ils en sont si fiers qu'ils ont mis au point pour l'espèce humaine un nouveau concept qu'ils ont baptisé "optimisme révolutionnaire", mais qu'au final eux seuls comprennent et célèbrent à l'unisson. Les Français sont en revanche si complexés par leur pessimisme qu'ils le justifient en écrivant inlassablement de la littérature. Les grands écrivains français sont toujours de grands pessimistes. Malgré la guerre, la famine, l'embargo, les persécutions, la corruption, les Vietnamiens sourient immanquablement en toute circonstance, d'un sourire triomphant, comme ils disent. Les larmes ne sont réservées qu'à deux occasions : les funérailles et les chagrins d'amour. Les Français ne pleurent pas aux enterrements, rarement lors des ruptures, mais ils vont se pendre dans les bois ou se jettent du haut d'une falaise pour la simple raison que les feuilles d'automne sont trop jaunes, que la mer est trop bleue ou que les oiseaux sont trop insouciants. Les Vietnamiens, eux, se suicident lorsqu'ils perdent un pari, mais sûrement pas à cause de la solitude, qu'ils évoquent comme les Français parleraient de voyages.

Ils sont fascinés par les chansons qui exaltent la solitude. Chaque soir, des hommes rassemblés autour d'une bière devant un écran de karaoké, la cuisse d'une hôtesse sous une main et un micro dans l'autre, chantent en chœur : "Parce que je suis seul, aimer c'est aussi être seul[1]."

Mon père, quant à lui, oscille toujours entre la France et le Viêtnam, entre pessimisme et optimisme, comme si c'était là son moyen de subsistance depuis son retour au pays. En lui, l'espoir et la déception se heurtent à chaque seconde. Il parle d'un ton exalté avant d'afficher aussitôt un sourire forcé. Peut-être aimerait-il pouvoir tout oublier et se joindre à cet optimisme collectif, mais il est aussitôt rattrapé par le pessimisme hérité de ses années françaises et par le regret, conséquence d'un excès de naïveté qui a changé le cours de sa vie.

C'était au printemps 1975, à l'association des Viêt kiêu patriotes, lors d'un repas pour célébrer la libération de Saigon. Tout le monde parlait avec passion du "nouveau devoir". Entre deux vapeurs d'ivresse, mon père se leva et demanda à rentrer au pays pour servir son peuple. Sa requête fut écrite en cinq minutes, déposée en une seconde, sous les regards admiratifs de ses compatriotes. Six mois plus tard, sortant de l'ambassade pour se rendre à Marseille, il avait dans sa serviette son certificat et une lettre de présentation tamponnée à l'encre rouge. De l'aéroport de Marignane, il se rendit à l'entreprise où il était ingénieur en mécanique, tenant en

1. Paroles extraites d'une chanson vietnamienne, *Doi tôi cô don* ("Ma vie est solitude").

main son passeport de la république démocratique du Viêtnam. Ses collègues se jetèrent sur lui pour le prendre dans leurs bras et l'applaudir. "Le Viêtnam a gagné !" Depuis des mois, on n'entendait que cela. Les médias français soutenaient le peuple héroïque. Ce même peuple qui avait autrefois humilié la France aux yeux du monde lors de la bataille de Diên Biên Phu. Christian de La Croix de Castries avait dû retirer ses troupes d'Indochine. Avec la défaite américaine, l'humanité oublia la défaite française survenue vingt ans plus tôt. Alors, tout en critiquant Nixon et son gouvernement, la France se déclara le premier pays à envoyer des aides humanitaires au Viêtnam réunifié. Elle retrouverait sa position en Indochine. On savait qu'au lendemain de la guerre froide, l'Union soviétique et la Chine ne se presseraient pas pour fournir de la farine, de la graisse de mouton, des conserves ou du pâté de porc au petit frère du Sud-Est asiatique.

Les collègues de mon père lui donnèrent l'accolade et lui dirent à l'unisson :

— Ah, mon frère, que c'est beau ! Rien de tel que de ramener la connaissance pour construire le pays et servir le peuple !

L'un d'eux le regarda dans les yeux et lui dit d'un ton grave :

— Mon jeune ami, je t'en prie, ne reste pas un jour de plus en Occident, tout est pourri ici désormais, les dirigeants sont avides et fourbes, le peuple est chaque jour plus malheureux, l'injustice a atteint des sommets.

Tous prirent une mine d'enterrement avant de débattre de la grève prochaine des enseignants et des routiers. Enfin, ils lui donnèrent de nouveau l'accolade. Tous encouragèrent son retour et promirent de l'aider à distance. Tous, à l'exception d'un collègue originaire de Corée du Nord et dont il se souvenait encore du nom : Hae Seong, un monsieur assez âgé, discret et toujours à l'écart. Hae Seong déposa une lettre sur le bureau de mon père le lendemain matin, lui proposant de discuter avec lui à la cantine au déjeuner. Sa lettre était rédigée dans un français très courtois, d'une écriture parfaitement rectiligne. Mais mon père refusa. Un autre collègue lui avait révélé que Hae Seong avait été membre du parti travailliste à Pyongyang, où il occupait un poste de chef de département technique dans une usine hydroélectrique, et qu'il avait profité d'une mission en Yougoslavie pour passer en France et demander l'asile politique. Dès lors, mon père décida qu'en dehors des discussions professionnelles, il éviterait tout contact avec ce monsieur.

Mon père refusa son invitation à déjeuner. À l'association des Viêt kiêu patriotes et à l'ambassade, on leur conseillait de rester très vigilant vis-à-vis des forces réactionnaires. Devinant l'amertume dont seraient empreintes les confidences de Hae Seong s'il acceptait de l'écouter, mon père décida de remettre en mains propres à son collègue nord-coréen une lettre de format A4 : à son grand regret, son retour imminent lui prenant le peu de temps qui lui restait, il devait à l'heure du déjeuner rencontrer la direction pour remettre sa démission et si possible lui demander de l'aide pour ses compatriotes dans la reconstruction du pays.

Mon père ne se doutait pas alors que toute sa vie il regretterait ce refus. Qu'il regretterait sa naïveté et son exaltation.

Mais Hae Seong ne fut pas la seule personne que mon père évita avant son retour.

D'après M. Son, son parent éloigné, mon père, lorsqu'il vivait encore à Marseille, était très proche d'une jeune femme prénommée Liza. Ils s'estimaient beaucoup depuis qu'ils avaient étudié ensemble. Mon père avait emmené Liza chez M. Son et sa femme, et un jour, ce fut elle qui emmena mon père dans sa famille, des gens particulièrement ouverts d'esprit. S'étant rencontrés en France, son père iranien et sa mère polonaise avaient élevé leurs trois enfants dans le plus pur athéisme. Liza s'intéressa finalement au zen et au bouddhisme (elle aimait tout ce qui venait d'Asie, y compris mon père), tandis que sa sœur aînée et son frère cadet adhérèrent aux idéaux de Mai 68 : les religions ne signifiaient rien pour eux et les saints leur étaient moins sympathiques que la bonne chère et la presse satirique. La cuisine familiale s'était muée en laboratoire d'expérimentation de recettes du monde et le salon en exposition de caricatures. Ils plaisantaient volontiers sur les dogmes. Plus athéistes que des Français athées, les parents de Liza ne le reprochaient pas à leurs enfants, mais se laissaient volontiers aller à quelques blagues avec eux. Liza, douce de nature, se contentait d'y sourire sans faire de commentaire.

Un dimanche d'automne 1975, après avoir déjeuné d'une salade de légumes, œuvre du frère cadet, et d'un ragoût de mouton mijoté depuis la veille par la sœur aînée, les parents de Liza invitèrent mon père à passer au salon pour le café. C'est là que le conflit éclata, à partir d'un détail futile. En apercevant sur le mur une caricature représentant Staline affublé d'ailes d'ange et observant la terre, mon père se racla la gorge avant de lâcher d'un ton sérieux :

— Les Français seraient encore plus charmants s'ils raillaient un peu moins les autres peuples.

Il ne s'attendait sans doute pas à provoquer l'hilarité de la sœur et du frère de Liza. La première lui répliqua :

— Mais quel peuple Staline représente-t-il ? La seule chose qui l'unit aux peuples des quinze républiques de l'URSS, c'est la faucheuse !

— Même depuis l'au-delà, il continue de vouloir bouffer l'Europe ! renchérit le frère.

Le père se tourna vers la mère :

— Si tes parents avaient voulu garder leur chalet et leurs moutons, tu serais devenue soviétique.

Mon père rit jaune. Il idolâtrait Moscou. Il ruminait quotidiennement sa méthode de russe des éditions Arc-en-ciel (dans le temps, il s'était même inscrit à un cours du soir, qu'il quitta rapidement lorsqu'il comprit que l'enseignant, un ancien officier des armées blanches, était hostile au gouvernement soviétique). Ne pouvant supporter l'existentialisme et considérant Simone de Beauvoir comme une mégère, il pardonnait cependant tout à Jean-Paul Sartre, car ils partageaient le même amour de la Russie. Son patriotisme aveugle faisait naître en lui une adoration pour le grand frère soviétique. Il croyait que celui-ci avait soutenu de tout cœur la résistance de son peuple contre les États-Unis. Il regrettait que son français ne soit pas assez subtil pour traduire à la famille de Liza ce poème écrit par le plus grand poète de son pays, dont il avait oublié le titre, mais dont il se souvenait encore parfaitement : "*La mère, si pleine d'amour, écoutait l'enfant balbutier / Son premier mot fut : Staline*[1]. "

Reprenant son calme, mon père se dit qu'avec des gens aussi éloquents, mieux valait ne pas argumenter mais convaincre, ou plutôt "éduquer" comme disaient les camarades de l'association des Viêt kiêu. Il dit alors gaiement que le train qui le ramènerait bientôt chez lui ferait escale durant une demi-journée à Moscou. Il espérait avoir le temps de visiter la place Rouge et le mausolée de Lénine, malgré les files d'attente interminables qu'il avait vues en photo dans les publications des éditions Arc-en-ciel.

— Je vous écrirai pour vous raconter mes propres impressions. Que des choses merveilleuses, j'en suis sûr. Et qui seront très bénéfiques à mon retour. Construire le socialisme sur le modèle soviétique est la tâche que s'est donnée le peuple vietnamien après avoir chassé les Américains.

La sœur et le frère de Liza remercièrent mon père et lui souhaitèrent entière satisfaction. Ils dirent qu'ils l'enviaient de pouvoir fouler le sol du pays qui avait vaincu le colonialisme d'hier et d'aujourd'hui. Le père regarda Liza, navré pour sa fille. Seule la mère regardait mon père, pantoise. Mon père la regarda aussi et attendit. Jadis, Liza lui avait raconté que sa mère, lorsqu'elle était encore à Hrodna, à la frontière polono-biélorusse, avait participé à la résistance antifasciste.

— Si vous avez le temps, je pourrai vous parler un peu de mon expérience, dit la mère de Liza à mon père.

1. Vers d'un poème de Tô Huu : *Doi doi nho Ông* ("Tu nous manqueras toujours, Petit Père") écrit en 1953 à la mort de Staline.

Celui-ci opina du chef avec joie. Elle lui dit, sans détour :

— Dans le temps, nous regardions l'Union soviétique avec des étoiles plein les yeux, comme vous aujourd'hui. Et même davantage, puisqu'ils avaient combattu à nos côtés durant la guerre contre le IIIe Reich. Mais très vite, à peine quelques jours après la cession de Hrodna à la Biélorussie, ils ont mis au point un plan pour nous expulser. Pour moi, Staline était juste un peu plus doux avec nous qu'Hitler avec les Juifs. Nous ne mourions pas d'un coup dans les fours d'Auschwitz, non, ils nous envoyaient mourir à petit feu dans l'endroit le plus froid du monde, en Sibérie.

Mon père ne fut pas le seul surpris. Le père de Liza, son frère et sa sœur regardèrent la mère, stupéfaits. C'était la première fois qu'elle abordait ce sujet, qui plus est devant un inconnu. Le salon sombra dans le silence. Mon père se leva en sursaut, serra la main de tout le monde et prit la direction de la porte. Timidement, la mère s'excusa auprès de mon père d'avoir gâché la fête.

— Avant votre départ, si vous désirez en parler avec moi, je suis à votre disposition, quand bon vous semble, dit-elle finalement d'une voix implorante.

Mon père la salua d'un signe de main et la remercia. Une fois dehors, devant la stupeur de Liza, il déposa une bise sur sa joue et monta dans le bus avec un soupir de soulagement. Il se promit de ne plus jamais revoir cette famille. Tout le monde était contre lui et contre ses convictions. Surtout la mère. Il connaissait l'histoire, il n'était pas stupide. Ces gens-là rejetaient la faute sur les Soviétiques. Mais qui, à l'époque, avait proposé à Staline de partager

90 % de la Roumanie, 75 % de la Bulgarie, 50 % de la Yougoslavie, 50 % de la Hongrie, si ce n'est ce vieux renard de Churchill ? Tant pis, se dit mon père, je laisse l'Europe aux Européens. Il se contenterait de ramener la connaissance à ses concitoyens. La Chine étant un voisin avec de grands desseins d'expansion – il le savait, il connaissait l'histoire, et il redoutait le manque de vigilance des dirigeants de son pays. Puis il se résigna : ainsi va la guerre, il faut être humble, faire des compromis et des calculs. La paix sera différente. Il croyait dans le potentiel et la volonté des Vietnamiens comme il croyait en ses propres yeux. Il y aurait sûrement beaucoup de difficultés au début, mais tout rentrerait dans l'ordre. Le vert finirait bien par recouvrir les forêts calcinées par les bombes américaines. La veille à l'ambassade, on lui avait montré les journaux du pays. Des nouvelles optimistes. Un dirigeant de Hanoi assurait que, d'ici vingt ans, le Viêtnam aurait rattrapé les États-Unis. Vingt ans, ce sera un peu difficile, pensa-t-il, trente ans serait sans doute un délai plus réaliste.

Le bus longea le littoral. Quelques mouettes décrivaient de larges cercles au-dessus de l'immense mer émeraude. Des voiles blanches ondulaient sur les flots. Inspirant profondément quelques bouffées d'air frais, mon père se prit à rêver à sa lointaine patrie. Les cloches de Notre-Dame-du-Haut le ramenèrent à la réalité. D'ici peu, il embarquerait dans le train pour Hanoi, un voyage de deux semaines d'ouest en est l'attendait. Il se sentit soudain nostalgique de Marseille, la terre qui avait nourri sa jeunesse. Il lui devait tant de choses : la bouillabaisse, le vieux port où il travaillait en été, les promenades avec Liza sur les quais, les splendides calanques et même son patois, qui lui valait toujours des railleries de la part de ses amis. Il se promit d'y revenir. Dans trente ans, lorsque la patrie aurait relevé la tête. Il se voyait déambuler librement sur cette route du littoral, respirant l'air pur. Mais il ne resterait pas. Il savait ce qu'était l'exil.

En cet instant, mon père était loin de se douter qu'on ne le laisserait même pas poser un pied sur le quai glacial de la gare de Yaroslavsky afin de prendre une photo de Moscou pour Liza et raconter à sa famille ses propres impressions de la capitale du paradis socialiste : les gardes-frontières soviétiques agitèrent la main en signe de refus devant le passeport de la république socialiste du Viêtnam que mon père avait mis tant de temps à obtenir. Ils firent aussi mine de ne pas comprendre ses quelques phrases en russe, fruit d'un an d'auto-apprentissage avec sa méthode des éditions Arc-en-ciel. Affligé, mon père s'adossa à la paroi du compartiment et mâchonna un vieux sandwich de pain de seigle aux œufs durs et au lard. Le quai de la gare était vide en cette fin d'après-midi. Dans tous les coins gisaient des hommes endormis, chapkas froissées, aux côtés de bouteilles de vodka vides. Sous ses yeux, des pigeons se disputaient un trognon de pomme. Plus loin, une dizaine de personnes exténuées attendaient le train, assises à côté d'un tas de bagages sommairement emballés. Mon père se demanda de quel coin de la Russie pouvaient bien venir ces gens qui trimbalaient leurs casseroles et leurs vélos, des biscuits et des nouilles, des conserves de poisson et du parfum bon marché. L'air glacé le fit frissonner. Quelques instants auparavant, dans un anglais rudimentaire, l'un des gardes-frontières lui avait expliqué que, selon la loi internationale, les passagers devaient rester dans leur compartiment tant que le train serait immobilisé en territoire soviétique pour le nettoyage et la recharge en carburant. Mais pourquoi couper le chauffage en plein mois de décembre, ça, il ne l'avait pas expliqué. L'Union soviétique, d'après ce que savait mon père, était le plus grand producteur de gaz et de pétrole d'Europe.

Mon père n'écrivit pas un mot à la famille de Liza sur ses propres impressions du paradis du socialisme. Il ne nous a jamais parlé de Liza. Marseille et tout ce qui avait trait à cette ville furent ensevelis en lui, avec ses souvenirs de la France, juste quelques mois après l'obtention de sa citoyenneté vietnamienne. Les revoyait-il parfois en rêve ? J'ai lu quelque part que les tourments n'engendraient que des cauchemars.

VI

— *Quoi de neuf à Paris** ?

Assise en face de lui, je faillis m'esclaffer. La fenêtre donnait sur une petite gargote populaire, d'où s'échappait une fumée noire. C'était l'heure du déjeuner. Des dizaines de vieilles motos garées de manière chaotique et autant de visages cramoisis, mâchant voracement. Une femme plantureuse en chemisier de satin orange était accroupie jambes écartées derrière un présentoir empli de plats. Tandis qu'elle était occupée à remplir les assiettes et à servir ses clients, un homme émacié, assis à ses côtés, jambes croisées sur un haut tabouret, encaissait placidement l'argent. Chaque billet était soigneusement défroissé avant d'être glissé dans un sac en papyrus posé entre eux. Par instants, il remettait en place de ses doigts blancs et effilés la cigarette qu'il tenait lâchement entre ses lèvres.

Lui regardait comme moi en direction de la gargote. Il avait de la curiosité dans le regard, je ne savais pas ce qu'il avait en tête. On dit que le sexe est une préoccupation permanente pour le cerveau masculin – ce que P m'avait confirmé. Il était un peu ardu d'imaginer ce couple aussi mal assorti passant toutes ses nuits côte à côte, jouant à la femme et au mari un jour de chaleur modérée et donnant vie à toute une ribambelle d'enfants : trois jeunes filles en pyjamas à fleurs et deux garçons en tee-shirt et caleçon transportant des piles de vaisselle sale pour les plonger dans une bassine d'eau débordante de bulles de savon. Toute la famille arborait un air revêche. Par moments, ils ouvraient la bouche pour se hurler quelques mots, la femme exhibant ses couronnes dorées, mais je ne pouvais rien entendre à cause de l'épaisseur de la vitre et de la chanson *Aline*[1] qui jouait en boucle sur le tourne-disque.

C'était une ancienne villa coloniale restaurée. Le patio carré décoré d'orchidées en pots, où nous étions assis, avait dû être percé lors des travaux. Çà et là, des objets vintage. Au mur, deux grandes photos en noir et blanc représentant la Seine et la butte Montmartre. Au-dessus du bar, une mezzanine avec de petits recoins intimes, dissimulés sous des cascades de plantes grimpantes. Le café Aline était sans conteste plus soigné et sophistiqué que les cafés parisiens où nous prenions des verres avec P. Même chose pour le menu, qui était une longue liste de plats rédigée en anglais et imprimée sur du papier beige cartonné. Des prix indiqués en dollars, dont certains outrepassaient l'imagination. La clientèle était principalement composée d'étrangers en costume-cravate, leur sacoche posée sur le siège voisin. Les autres étaient des Vietnamiens d'apparence aisée, travaillant sans doute dans le quartier et arborant sur leur poitrail le logo de leur entreprise, des noms à consonance

1. Cette chanson de Christophe connut un succès populaire au Viêtnam.

anglaise se terminant en -ex ou -co, et tous captivés par l'écran de leur téléphone.

Soudain, j'eus l'impression que ce café était un plateau de tournage : les clients jouaient le rôle du public et le réalisateur, tapi dans un coin, dirigeait les opérations. Mon compagnon de table jouait peut-être lui aussi un rôle. Son air si enjoué de la veille avait quelque chose d'inhabituel, d'un peu théâtral, comme dicté de loin. Son parapluie noir était plus qu'étrange ; son costume sombre faisait lui aussi contre-emploi, bien trop chaud pour le climat tropical de Saigon. À tel point que des passants s'étaient arrêtés pour nous regarder comme des créatures venues d'ailleurs. Je ne pus m'empêcher de repenser aux mots "facétie noire" en nous revoyant marchant sur l'avenue Nguyên Huê, sous le soleil brûlant de midi, abrités sous son parapluie. Il m'avait raccompagnée jusque dans le hall de mon immeuble. Sous le regard médusé des deux réceptionnistes, il s'était incliné, puis joignant les mains devant son ventre comme le font les enfants, il avait dit : "Permettez-moi de me retirer." J'avais failli m'esclaffer, comme la dernière fois lorsqu'il m'avait saluée d'un *"Quoi de neuf à Paris* ?"*. Sa façon de parler le vietnamien était singulière.

Plus tard dans la soirée, en me remémorant sa révérence, j'avais encore envie de rire. Je tentai aussi de me rappeler où j'avais entendu cette façon de parler vietnamien, mais en vain. Contrairement à Paris, les soirées saïgonaises dans mon nouvel appartement étaient très longues. Mon père passait parfois dîner avec moi. Il apportait des plats tout prêts, des plats que j'aimais beaucoup dans ma jeunesse mais qu'il pouvait rarement m'offrir à l'époque. Tout en les disposant dans des assiettes, il disait vouloir m'éviter de perdre mon temps en cuisine. Après quoi il s'asseyait et me regardait manger sans presque toucher à ses baguettes. Il préférait le téléphone. Depuis dix ans, il avait pris l'habitude de m'appeler plusieurs fois par jour. Parfois, tôt le matin, la sonnerie stridente de mon appareil résonnait. À l'autre bout du fil, il y avait sa voix. "Tu es réveillée ma fille ? Tu as mangé ? Tu vois bientôt ta directrice de thèse ?" Mal réveillée et fatiguée, je lui demandais en retour : "Et toi papa, as-tu bien pris ton lait, comme t'a dit le docteur ?" Silence à l'autre bout du fil. J'avais appris à mon retour que mon père s'alimentait très peu, moins encore qu'il y a dix ans, lorsque je vivais avec lui. Ma sœur devait l'emmener tous les mois à l'hôpital franco-vietnamien pour s'assurer qu'il n'était pas malade. Les médecins disaient alors que ce n'était pas encore le cas, mais que s'il continuait ainsi, sa santé serait en danger. Ils conseillaient à ma sœur de lui faire boire du lait en poudre pour sénior et manger davantage d'aliments riches en fer. Ma sœur leur demanda une liste concrète. Je me souviens que le foie de veau poêlé en faisait partie. P en avait commandé pour moi lors de notre dernier déjeuner. Selon lui, ma thèse me pompait tout mon sang.

Énième matinée à Saigon. Juste après mon cours de français, j'arrivai au bout de la ruelle et je l'aperçus. Je ne le reconnus pas sur le coup. Puis son immense parapluie de soie noire le révéla à mon souvenir, ainsi que sa démarche. Mais cette fois, nous ne traversâmes pas tout de suite l'avenue Nguyên Huê. En m'indiquant le café Aline, il s'inclina :

— Après vous.

Je regardai ce personnage assis en face de moi. Je gardais l'impression que nous étions sur un plateau de cinéma et qu'il jouait un rôle. Mon regard fixe l'avait peut-être échauffé. Comme un comédien attendant l'approche de la caméra et le signal du réalisateur, il commença à entrer dans son rôle – un rôle qui devait lui être familier.

— *Quoi de neuf à Paris* ?* répéta-t-il, mais cette fois-ci, d'une voix plus assurée. Lui et le réalisateur s'étaient sans doute imaginé que je clignerais des yeux ou passerais la main dans mes cheveux, que je susurrerais une réponse lyrique, quelque chose sur l'automne et les feuilles mortes, par exemple. Je dus réfréner un rire : mon rêve de faire de la poésie, je l'avais laissé à Paris, avec les après-midis allongée sur mon lit à regarder passer les nuages. Mon silence dut l'embarrasser : il baissa les yeux. Comme s'il se trouvait dans une situation que l'on qualifierait, j'imagine, de hors scénario au cinéma, le genre d'instant qui demande une grande capacité d'improvisation aux comédiens.

Il tenta de briser le silence. Il dit qu'il était venu à Paris, une fois. Mais que cet unique voyage était tombé en période de grève générale et qu'il avait failli se ruiner en courses de taxis. Le souvenir de Paris me fit trembler. Je le chassai de mon esprit en me demandant si mon partenaire était un bon comédien. Aussitôt, je compris que le réalisateur ne saurait pas quoi faire de lui, puisqu'en rencontrant mon regard fixe, il lâcha soudainement :

— Et si un jour nous, les Vietnamiens, nous descendions comme ça dans la rue, pour exiger ce que nous voulons !

Il parlait trop librement. Avec l'émotion, sa voix s'égara sur les derniers mots. Son vietnamien était aussi singulier que la veille, et je n'arrivais toujours pas à me rappeler où j'avais entendu une telle façon de le parler. Mais en un clin d'œil, semblant prendre conscience que nous étions sur un plateau, il regarda autour de lui comme pour observer la réaction des autres comédiens, puis en direction de l'entrée dont quelques clients s'approchaient après être descendus d'un monospace. Un peu plus loin sur le trottoir apparurent des silhouettes vêtues d'uniformes de police. L'inquiétude surgit dans ses yeux. Je vis ses lèvres pâlir dans la lumière du patio. Son visage se déforma. D'un coup, je me mis à parler, comme pour couper court à mon imagination délirante. Je le sentais sincèrement malheureux. Je lui suggérai de boire un jus de coco frais. Il me regarda d'un air reconnaissant. Oui bien sûr, il pourrait en boire toute la journée ! Je lui demandai s'il voulait manger un petit quelque chose, et lui indiquai la salade de mangue verte aux crevettes séchées, dont je vis que le prix approchait sensiblement celui de Paris. Il hocha la tête : c'était l'un de ses plats favoris, il en avait même appris la recette. C'est tout simple : une mangue verte, une poignée de crevettes séchées, un peu de saumure de poisson, du sucre, du piment et quelques feuilles de basilic thaï. On mélange le tout – il joignait le geste à la parole, comme s'il était en train de la préparer tandis que son visage s'illuminait. Je lui dis aussi que depuis mon retour à Saigon j'avais sensiblement progressé en calcul mental. Les séries de chiffres sur les factures me donnaient moins le tournis. Il hocha la tête. Il dit que c'était l'origine de l'aptitude des Vietnamiens en mathématiques. Je ris et lui racontai qu'en France, je donnais des cours particuliers de maths aux enfants.

Heureusement, personne n'avait jamais demandé à voir mes diplômes. Il opina du chef : il avait cru comprendre que les Parisiens détestaient s'inspecter les uns les autres.

— En France, on compte beaucoup de dépressifs parmi les policiers, dit-il à voix basse en me faisant un clin d'œil.

Il fit encore quelques sorties insouciantes du même genre. Par rapport aux gens que je côtoyais tous les jours, il était comme un petit garçon. Même mes étudiants savaient être plus discrets. Leur langage était taillé pour être parfaitement lisse : rien n'existait en dehors des *drama* sud-coréens, du fast-food, de la mode et du tourisme. Ils ne m'avaient jamais fait rire, ne fût-ce qu'une fois. J'avais l'impression que ses yeux cherchaient les miens. Je me décidai à relever la tête dans l'intention de lui demander son nom. Mais je redoutai qu'il me demande le mien en retour. Il me faisait penser à Paris et à P. J'oubliai finalement de commander le jus de coco et la salade de mangue verte. Je me levai, et il fit de même. En regardant les deux photos en noir et blanc sur le mur, il observa que la Seine et Montmartre n'étaient pas très représentatifs de la capitale française, qu'il y avait des choses qu'on ne pouvait pas montrer sur les cartes postales. Devant mon air intrigué, il déclara solennellement :

— Les Parisiens ne voudraient jamais d'un État policier !

Il allait ajouter autre chose mais il s'arrêta net, verrouillant juste à temps sa bouche un peu trop volubile. Ses yeux perdirent leur couleur. Ses lèvres restèrent immobiles quelques secondes. Puis il esquissa un sourire

– forcé. C'était si étrange : ce visage, ce sourire, me rappelèrent ceux de mon père lors d'un épisode survenu il y a plus de vingt ans et que je relaterai dans le chapitre suivant. Durant tout le trajet à pied qui s'ensuivit, je fus taraudée par un souvenir qui avait resurgi en moi tandis qu'il évoquait Paris et ses grèves : en décembre de l'année dernière, j'avais rendez-vous avec P pour déjeuner et, pour ne pas manquer le dernier métro de l'heure de pointe, j'avais dû partir de chez moi avant neuf heures du matin. En sortant de la station, je marchai jusqu'à la bibliothèque du boulevard Vincent-Auriol. Assise devant mes livres, je ne parvenais pas à comprendre un traître mot de ce que je lisais. Depuis ma table, j'avais vue sur une petite rue, qu'une demi-douzaine de personnes ne cessait d'arpenter dans les deux sens. Ils n'avaient pas l'air de manifester : ils n'avaient ni banderole ni porte-voix, et ne semblaient pas vouloir se diriger vers la place d'Italie et la mairie du 13e arrondissement, d'où l'on pouvait attirer l'attention du public et des autorités. Chaque fois que j'ouvrais un livre, mes yeux restaient rivés sur ce petit groupe qui déambulait en silence. C'est dans cette bibliothèque que je ressentis pour la première fois le besoin de mettre fin rapidement à ma vie d'étudiante. Je ne m'étais jamais sentie aussi découragée. Durant tout le déjeuner avec P, je prononçai à peine quelques mots. Et comme toujours, P ironisa en disant que mon père ne mourrait pas tant que je ne lui donnerais pas un doctorat à exposer sur son autel.

VII

Il y a plus de vingt ans, un soir d'hiver, mon père nous emmena à pied depuis notre HLM jusqu'à la gare centrale de Hanoi. Un trajet de trois jours et trois nuits nous attendait à bord du train de la Réunification. Notre nervosité était bien plus grande que notre bagage, une valise de taille moyenne contenant quelques vêtements, très peu d'accessoires et des romans français que mon père avait achetés au marché aux puces de Saigon : au début des années 1980, la Perle de l'Extrême-Orient manquait de riz, de viande, de fromage et de vins de Bordeaux, mais ne manquait pas de livres français. Au croisement des rues Dang Thi Nhu, Calmette et Ky Con, les étals débordaient de livres étrangers, du plus neuf au plus jauni. Un phénomène typique de Saigon post-avril-75. Lors de son unique mission à Saigon, mon père devint un adepte de ce marché aux livres anciens. Durant une semaine, il y passa plusieurs fois par jour et en rapportait toujours un livre, soigneusement empaqueté et posé dans le panier à provisions de son vélo, souvent des classiques de la littérature française, même s'il se laissait parfois tenter par un nom inconnu, pour lequel un vendeur, professeur de littérature du Saigon de l'ancien temps, l'avait convaincu de dépenser tout l'argent destiné aux courses de la journée. Ces romans français suivirent mon père dans le train, ce même train de la Réunification qui parcourait deux mille kilomètres et passait par le col de Hai Vân et la rivière Bên Hai, avant d'atterrir sur notre pupitre à Hanoi. Ils étaient comme une lumière dans nos années de jeunesse, durant les jours sombres de Hanoi, alors que notre mère ne vivait déjà plus avec nous.

Je me souviens de l'odeur des fines gouttes de pluie qui effleuraient mes joues à la gare centrale de Hanoi en ce soir d'hiver. À chaque coin du hall se trouvaient des passagers, assis ou allongés. Des cartons de toutes tailles, empilés les uns sur les autres, des paniers de toutes sortes et les palanches des trafiquants. Des fruits, des biscuits, des confiseries, du lait, du sucre, de l'engrais, des médicaments et même de la viande de buffle, des buffles morts de froid dans les montagnes. Au temps du rationnement, il suffisait apparemment d'être plus rapide que le commerce d'État pour se faire de l'argent et tout pouvait devenir une marchandise. Nos voisins du HLM murmuraient qu'une vendeuse analphabète du marché Dông Xuân avait pu s'offrir une maison en centre-ville rien qu'en effectuant une dizaine d'allers-retours avec ses enfants pour exporter de l'ail vers le sud et importer du poivre en grains vers le nord. Après cela, les collègues de mon père demandèrent eux aussi à se faire envoyer en mission à Saigon, emportant dix kilos d'ail chacun. Sur place, les ingénieurs hanoïens, voulant le revendre au marché Bên Thanh, découvrirent qu'il avait presque entièrement germé. Pour sauver leur capital, ils rapportèrent au retour chacun un kilo de poivre en grains mais arrivés au marché Bac Qua de Hanoi, découvrirent qu'un tiers était constitué de graines de papaye séchées. Quelques années après la libération de Saigon, les Sud-Vietnamiens avaient très bien intégré les leçons des Nordistes en matière de sincérité socialiste.

Au milieu de tous ces bagages, notre valise surgissait telle une étrange créature, avec sa fermeture éclair, ses roulettes et sa poignée télescopique. Mon père l'avait achetée en France presque dix ans auparavant, et comme elle avait eu peu d'occasions de servir, elle était encore quasiment neuve.

Mon père se tenait dans un coin du hall, face à l'horloge murale, à côté de cette valise, son seul souvenir rapporté de France. C'est par un soir d'hiver froid et humide comme celui-là, six mois après la Réunification, à cet endroit même et sa valise à la main, que mon père et quelques collègues viêt kiêu foulèrent le sol du pays au terme de l'interminable trajet en train qui les avait amenés de Paris à Hanoi en passant par Berlin-Ouest, Berlin-Est, Varsovie, Moscou, Iakoutsk et Pékin. La gare centrale de Hanoi avait accueilli ces jeunes gens débordant d'idéaux sous une pluie similaire. L'atmosphère moribonde et austère de la capitale donna aussitôt à mon père un mauvais pressentiment. Un pressentiment devenu réalité depuis bien longtemps. Ce fut sans doute la plus dure décennie de la période de rationnement. Mon père et ses camarades devinrent des vieillards émaciés et craintifs. Ils n'osaient même plus prendre des nouvelles les uns des autres.

Avant l'arrivée du train, notre père nous dit que si nous voulions faire nos adieux à Hanoi, c'était le moment. Quelques gouttes de pluie ruisselèrent sur ses pommettes, ce qui lui donna l'air de pleurer. Il pointa l'horloge en face de lui :

— Dix minutes, pas plus.

Ma sœur m'entraîna par la main. Nous nous glissâmes à travers la foule et les valises, jusqu'aux portes de la gare. Sous la pluie, à la lueur dorée d'un réverbère et du brasero d'une gargote de *pho*, l'odeur du poulet bouilli, des nouilles de riz fraîches, des oignons, du gingembre, de la badiane, de la cannelle et du charbon – tous ces parfums si caractéristiques de l'hiver hanoïen –, me rappela soudain notre mère. Pour la première fois depuis que mon père nous avait annoncé notre départ, je sentis que ma mère me manquait.

Les dix minutes passèrent très rapidement. Ma sœur me ramena vers le hall, où mon père attendait face à l'horloge. Brusquement, ma sœur serra très fort ma main dans la sienne. Notre père, à dix mètres de là, tourna un visage décomposé dans notre direction. Dans ses yeux livides, on ne lisait que de la peur. Je n'avais jamais vu une peur aussi grande, plus grande que l'obscurité des cimetières, des funérailles et des histoires d'horreur racontées par nos voisins venus des quatre coins du pays, rassemblés durant les nuits d'été sans électricité dans les couloirs lépreux de notre immeuble. À côté de mon père se tenaient deux hommes portant des uniformes jaunes, la couleur de la police en ce temps-là. L'un d'eux feuilletait les livres français avant de les passer un par un à son collègue. Puis ils se concertèrent durant une minute. Une minute qui fut pour nous aussi longue qu'une nuit d'insomnie. Aujourd'hui, cet instant me revient souvent en rêve, et je crois bien qu'il hante encore le sommeil de mon père. Soudain, l'un des policiers se tourna vers mon père et l'interrogea. Mon père répondit. Son visage en cet instant était sans expression. La peur des minutes précédentes avait laissé la place à une peur encore plus grande, au point que tous les muscles de son visage s'étaient figés. Seule sa gorge était en mesure d'émettre des sons, que j'imaginai semblables à la voix d'un robot. Puis sur ses lèvres surgit doucement son sempiternel sourire forcé.

Durant la nuit, une fois tranquilles à bord du train, mon père nous expliqua que ces messieurs de la police avaient été intrigués par sa valise, une valise tout ce qu'il y a de plus normal en France mais tout à fait inhabituelle au Viêtnam. Ils lui demandèrent de l'ouvrir pour un contrôle et y découvrirent aussitôt les livres anciens, des livres écrits dans une langue qu'ils ne reconnaissaient pas. Ils devisèrent entre eux, sans pouvoir aboutir à une conclusion. Les lycées du Nord en ce temps-là enseignaient bien le chinois et le russe, mais aucune de ces deux langues ne ressemblait à ce qu'ils avaient sous les yeux. Après un long moment d'hésitation, ils se résolurent à poser la question directement à mon père.

— La nécessité est mère de l'invention, nous dit-il.

Dans un éclair de génie, il leur répondit qu'il s'agissait de documents du parti communiste allemand, imprimés à Berlin-Est.

Je n'y compris rien. C'était la première fois que j'entendais prononcer le nom de "Berlin-Est". Néanmoins j'y perçus quelque chose de grave, une sorte de division, de délimitation qui influait sur le sort de beaucoup de gens.

— Pourquoi tu leur as menti ? demandai-je avant de recevoir un coup sur la tête de la part de ma sœur. Bien que n'ayant que deux ans de plus que moi, elle avait vingt ans d'avance et était très pragmatique :

— Si papa leur avait dit que c'étaient des romans français imprimés en France, on n'aurait peut-être jamais pu partir, répondit-elle pour lui.

Nous nous endormîmes dans le murmure de la nuit. Le train de la Réunification, tel un python fatigué de ramper, nous faisait traverser des territoires dont nous ne connaissions que les noms.

À l'approche de l'aube, je me réveillai et vis mon père endormi, adossé à la cloison du compartiment. À la lumière qui filtrait à travers la vitre, son visage était froissé, comme si ses fibres musculaires, si tendues quelques heures plus tôt, s'étaient relâchées d'un seul coup. Cette crainte des quais de gare ne le quitta jamais. Au contraire, elle ne fit qu'allonger la liste de ses peurs. Le jour où j'embarquai pour la France, elle manqua de se muer en peur des aéroports : la veille au soir, mon père avait vérifié lui-même mon bagage, la même valise qu'il avait ramenée de France, qui était maintenant vieille mais avait conservé sa poignée et toutes ses roulettes. La seule différence était que je n'eus pas le droit d'y mettre un seul livre, pas même un dictionnaire édité au Viêtnam. Il disait qu'un dictionnaire comportait une certaine quantité de mots sensibles. Il avait entendu dire que bon nombre de livres avaient été retirés de la vente ou interdits de publication pour un simple mot ayant déplu à un cadre de la police culturelle. Il n'aurait jamais laissé sa fille jouer avec le feu. À l'aéroport, je fus parmi les premiers à faire la queue pour l'enregistrement. Mon père ne fut rassuré qu'une fois la valise contrôlée par les agents et déposée sur le tapis roulant.

Mais il faut croire que la peur a le sens de l'humour : elle cherche toujours à s'en prendre à la bonne personne, au moment où elle s'y attend le moins. Une fois passé le contrôle de sécurité, alors que j'étais prête à saluer de loin mon père et ma sœur et à me rendre en salle d'attente, résonna soudain un appel dans les haut-parleurs : "Le passager suivant est prié de se présenter auprès de nos agents pour un problème de bagage." Et bien sûr, c'est mon nom qu'on appela. Hébétée, je regardai en direction de ma sœur et de mon père. Ma sœur fronçait les sourcils mais elle semblait calme. À ses côtés, mon père était blanc comme un linge. Il resta immobile durant une minute. Le visage crispé, il semblait implorer ma sœur. Depuis un mois, elle s'était vu confier par lui la mission de lier des contacts au sein du personnel de la sécurité aérienne. Grâce aux relations de son futur mari, elle avait obtenu quelques noms et numéros de téléphone sur lesquels elle pourrait s'appuyer en cas de besoin. Aussitôt, je la vis demander à passer le contrôle pour me rejoindre. Mon père nous regardait de loin, il semblait au bord des larmes et impuissant. Ma sœur me fit zigzaguer à travers la foule avant de parvenir au bon endroit. La liste de relations qu'elle brandit surprit quelque peu l'agent en charge du vol : il souhaitait simplement que je retire de ma valise une bouteille de pâte de crevette fermentée en raison du risque important d'éclatement en altitude et de propagation de l'odeur aux autres bagages. Nous nous regardâmes avec ma sœur et pensâmes à notre père. À la dernière minute en effet, avant de partir pour l'aéroport, il avait glissé dans la valise une vieille bouteille d'eau qu'il avait remplie de cette spécialité de Hanoi afin que je l'apporte en cadeau à l'un de ses amis viêt kiêu vivant à Paris, dont il souhaitait que je sois la protégée durant mes études.

Malgré cet incident, je conservai mon passeport et mon visa. Aussi la peur des aéroports ne laissa-t-elle à mon père que de menus effets indésirables, vite remplacés par des inquiétudes autrement plus grandes, causées par mon arrivée en France. La peur des quais de gare du début des années 1980 demeura tout en haut du palmarès.

Ces derniers jours, en convalescence, mi-lucide mi-inconscient, mon père a toujours aux lèvres le nom de la gare centrale de Hanoi, la valise et les romans français, ces romans sur lesquels il bâillait après en avoir lu quelques pages, ces romans que ma sœur et moi devions finir pour lui, et dont moi seule eus la responsabilité d'en faire un sujet de thèse. Mon père ne mourrait pas tant que je ne lui donnerais pas un doctorat à exposer sur son autel. P était sans doute la personne qui comprenait le mieux mon père – mieux que moi et mieux que mon père lui-même.

VIII

Lena est une femme singulière qui a profondément marqué la période de mes études en France. Nous n'étions pas très proches à cause de notre différence d'âge, mais ce qu'elle avait de plus frappant était sa façon de vivre, que l'on pourrait qualifier de schizophrène : tantôt réservée, tantôt imprudente, et qui me fit aller de surprise en surprise. Aujourd'hui, avec le recul, je crois qu'elle est la première à m'avoir fait saisir l'importance d'envisager le réel dans sa complexité. Comme si entrevoir une lueur, même la plus infime, demandait de soulever de multiples voiles de brouillard. Cette ouverture d'esprit, qui est aujourd'hui pour moi un réflexe, je ne la connaissais à l'époque de mon arrivée à Paris qu'à travers les livres, avec le sentiment diffus de celui qui vient d'une culture hostile à la notion de doute.

Lorsque je fis la connaissance de Lena, elle était déjà mère de quatre enfants, tous superbes. En les voyant, elle, son mari et leurs enfants réunis, je ne pouvais m'empêcher de penser qu'ils étaient une famille heureuse. Ils vivaient dans un grand appartement juste en dessous du mien. Parfois ils m'invitaient chez eux pour dîner et passer du temps avec les enfants. Lorsqu'elle était encore à Moscou,

Lena avait eu de nombreux camarades vietnamiens à l'université, seuls étudiants étrangers avec qui elle était autorisée à parler à l'époque. Grâce à eux, elle découvrit la cuisine vietnamienne. Ainsi avait-elle rapporté des produits du 13e arrondissement et m'avait-elle demandé de lui apprendre à faire des nems, qu'elle prononçait *nièm*, à la russe. Cuisinant ce plat pour la première fois, je mis le feu à sa poêle et fis hurler le détecteur de fumée dans tout l'appartement. Mais rien de grave : la famille se régala de mes nems carbonisés tout en les accommodant de sel, de poivre ou de moutarde et en me félicitant pour mes talents de cordon-bleu.

Plus tard, en me racontant son histoire, Lena me confia qu'instaurer une bonne ambiance familiale n'avait pour elle rien de très sorcier, car comme l'écrivait Tolstoï, son écrivain fétiche, "toutes les familles heureuses se ressemblent[1]". Après les déjeuners du dimanche, avec apéritif et café, ils allaient se promener au parc et voir un film au cinéma. Les dîners en semaine étaient composés d'un plat chaud et d'un plateau de fromage : ils mangeaient avec les enfants tout en leur demandant des nouvelles de l'école, puis ils regardaient un manga pendant vingt minutes, savourant des cookies faits par les petits. Toujours à six près de la cheminée crépitante en hiver ou prenant l'air sur le balcon en été. Lena et son mari siégeaient chacun à un bout de table, leurs enfants sur les côtés, tous bien propres et bien sages. Six membres et non pas trois, quatre ou cinq comme on le voit communément. "Seul le chiffre six, disait-elle fièrement, correspond aux normes sociales de la famille,

1. Incipit d'*Anna Karénine*.

il n'y a qu'à voir les ensembles de salle à manger dans les magasins de déco parisiens : toujours vendus avec six chaises." En effet, chaque fois que j'étais invitée, à voir André, son mari, se démener pour me trouver une chaise supplémentaire et la caser à table, j'avais l'impression de bouleverser un équilibre.

Lena prétendait que tous ses travaux ménagers, tous ses sourires et tous ses soucis lorsque les enfants étaient malades et alités ne lui demandaient que peu d'efforts : "Les Russes sont besogneuses", disait-elle. Bien sûr, il ne fallait pas oublier l'aide d'André, dont la plus grande joie était de changer les couches et de donner le biberon.

Cette harmonie dura jusqu'à ce qu'Hélène, leur fille aînée, entre dans l'adolescence, âge marqué par les premières crises de l'existence. Un soir, après avoir disposé le fromage sur une assiette, Hélène s'empara du couteau. Mais au lieu de découper le cantal en six parts comme elle le faisait d'habitude, elle releva la tête, pointa l'instrument vers ses yeux et lança sans préambule :

— Papa, tu peux me dire pourquoi je suis la seule de la famille à avoir les yeux verts ?

Lena en tremblait encore : Hélène avait en main un couteau à fromage, recourbé et à double pointe, telle une langue de serpent. La lame en acier brilla sous la lampe et André, par réflexe, ferma les yeux. L'énervement de la jeune fille de treize ans se mua alors en une rage folle :

— Pourquoi tu ne me regardes pas dans les yeux ?

André, toujours par réflexe, se tourna vers sa femme, comme chaque fois qu'il rencontrait une difficulté. Hélène regarda d'un bout à l'autre de la table, tantôt son père, tantôt sa mère. Enfin, elle quitta la cuisine en trombe pour aller s'enfermer dans sa chambre, couteau en main.

Lena n'avait jamais eu aussi peur. Tandis qu'André emmenait les trois plus jeunes dans leurs chambres pour éviter la panique, Lena se planta devant celle d'Hélène et lui expliqua à travers la porte que les yeux verts étaient les plus rares, que seuls 2 % des humains avaient cette chance, que c'était encore un mystère pour les généticiens, que ce n'était peut-être pas les gènes, mais l'environnement ou l'alimentation qui décidait de la couleur des yeux.

— On croit que c'est propre aux Européens, alors qu'il y a en Chine un village où tout le monde a les yeux verts et non bridés…

Après plusieurs heures, Lena n'osait toujours pas laisser Hélène seule dans sa chambre enfermée avec cette arme. André, exténué et pensant que la jeune fille dormait déjà, dit à sa femme de venir se coucher. C'est alors qu'Hélène ouvrit sa porte, jetant à terre le couteau à fromage. André, épouvanté, implora Lena du regard. Hélène toisa son père, avant de claquer la porte de sa chambre sans dire un mot.

Toute la nuit, Lena se retourna dans son lit sans parvenir à fermer l'œil. André s'assoupit avant l'aube. Ses ronflements empêchèrent d'autant plus Lena de trouver le sommeil (à chaque situation inhabituelle, heureuse, malheureuse ou terrifiante, son asthme chronique revenait le tyranniser). Elle pressentit que son destin la rattrapait.

Plus de treize ans auparavant, elle avait rencontré André à l'université de Moscou, dans un cours d'histoire française contemporaine dont il avait la charge. C'était la première fois qu'il enseignait à des étudiants russes et que Lena venait écouter un professeur français. À l'heure du déjeuner, elle lui avait demandé quelques éclaircissements sur plusieurs problèmes concernant son sujet de recherche. Il l'invita après les cours pour en discuter. Le soir, ils dînèrent. S'ensuivit une promenade aux alentours de la place Rouge, du Kremlin et de la rue Arbat. Puis elle le raccompagna à son hôtel. Il l'invita à monter dans sa chambre et ce qui devait arriver arriva.

L'ennui, c'est que Lena avait rompu avec Oleg la veille au soir. Après sept ans d'amour, ils ne se voyaient plus continuer ensemble. Oleg l'avait raccompagnée chez elle où ils avaient fait l'amour une dernière fois. Ils voulaient donner une belle fin à leur histoire. Ça, c'était pour la théorie ; mais en réalité, cette rupture perturba beaucoup Lena : ce fut un vide inattendu. J'imagine que c'est ce qui l'a poussée à ressentir une affection incongrue pour André qui lui était tout à fait inconnu. Le lendemain, Lena assista au cours. Ce qui s'était passé la veille se reproduisit à l'identique. André la supplia de revenir dans sa chambre d'hôtel. Ils firent l'amour une deuxième fois. Elle apprit alors qu'il pouvait avoir des crises d'asthme en des moments très délicats, même en pleine extase.

À ce point de son récit m'apparurent les visages de ses quatre enfants. Je réalisai soudain qu'Hélène n'avait rien de commun avec André et qu'elle était bien plus typée russe que ses frère et sœurs : en dehors de ses yeux verts, un peu en amande, elle avait un petit nez effilé et légèrement retroussé, un visage poupin, une chevelure épaisse et dorée comme le miel, tout à fait le type de beauté slave que je voyais autrefois dans les films soviétiques.

Une semaine plus tard, André quittait Moscou. Le mois suivant, Lena eut un retard de règles. En apprenant qu'elle était enceinte, elle pensa aussitôt à Oleg, mais chassa immédiatement de son esprit l'image de son ancien amant. Elle téléphona à André. À l'autre bout du fil, il contint tant bien que mal une crise d'asthme et lui dit qu'il prendrait l'avion pour Moscou le lendemain. Le surlendemain, tous deux se lancèrent dans une odyssée administrative, dont l'angoisse était encore intacte dans la mémoire de Lena et parfois bien vivace dans ses cauchemars. Six mois plus tard, enceinte jusqu'aux dents, elle arrivait à Paris et commençait une nouvelle vie. Hélène vint au monde avec des yeux bleus, sa seule ressemblance avec André et sa seule différence avec Oleg. Mais ce bleu vira avec le temps. Lena essaya de reprendre ses études, et eut très vite un deuxième enfant. Il avait les yeux d'André, et ses traits.

Je lui demandai ce qui l'avait poussée à avoir un deuxième enfant si tôt après Hélène. Sur un ton étonnamment sérieux, elle me répondit que c'était pour s'assurer de la fertilité d'André. En effet, si celui-ci ne lui avait pas donné un deuxième enfant, cela aurait signifié qu'il ne pouvait être le père biologique d'Hélène.

— Tu n'as jamais pensé à faire un test ADN ? lui demandai-je.

Lena secoua la tête : elle ne pourrait pas affronter la vérité. Elle ne pourrait pas recontacter Oleg et lui parler d'Hélène. Elle ne pourrait pas non plus se confier à André. Que ferait-elle si son mari, blessé, la quittait ? Elle n'avait pas encore passé son équivalence de diplôme, et même si elle l'obtenait, elle n'était pas sûre de trouver du travail en France. Elle était dans une impasse, avec pour seul espoir une nouvelle grossesse. Puis elle accoucha de son deuxième enfant, pour leur plus grand bonheur à tous les deux. André ne se douta de rien. Lena essaya même de se persuader qu'Hélène était son enfant biologique.

— Et vous avez trouvé le temps d'avoir le troisième avec ta thèse et les deux premiers ?

Lena répondit que c'était une autre histoire : un jour, dans la maison de campagne de sa belle-famille, la mère d'André regarda Hélène attentivement et observa devant tout le monde qu'elle était la seule de la famille à posséder des yeux verts, et non pas bleus comme elle l'avait toujours cru. Tout le monde se tourna vers Hélène avec surprise, tandis que Lena tremblait de tout son corps. Cette enfant était le portrait craché d'Oleg. Le soir même, elle était terriblement déboussolée. Elle se recroquevilla dans un coin du lit. Elle avait lu quelque part que, dans certains cas, la couleur verte n'apparaissait que durant la croissance. André la prit dans ses bras et lui dit qu'il était fier de ces yeux verts. D'après les statistiques, c'était le résultat d'une fusion solide entre un ovule et un spermatozoïde. André voulut réitérer leurs premiers ébats de Moscou. Elle le savait complexé par son asthme. Il pensait que tout le monde doutait de sa virilité. Et peut-être en doutait-il lui-même.

— Et le quatrième ? C'était pour remplir la table de six ?

Lena se leva en silence et alla dans la cuisine. Je compris qu'elle ne voulait pas répondre à ma question.

Elle m'avait raconté tout cela juste après la première crise d'Hélène. Elle ne s'était jamais confiée sur sa vie privée auparavant.

Après mon départ de chez elle, j'errai dans la rue tout l'après-midi. Mon appartement était soudain devenu trop étroit pour l'histoire de mes voisins, cette famille que je croyais être l'incarnation même du bonheur. Après avoir vu Hélène un couteau entre les mains, Lena avait dû se souvenir qu'à la suite de "toutes les familles heureuses se ressemblent", Tolstoï avait ajouté : "mais les familles malheureuses le sont chacune à leur manière[1]".

Lena s'y connaissait en bonheur, mais en malheur elle n'avait aucun modèle à suivre pour l'aider à surmonter cette mauvaise passe, avec "juste ce qu'il faut d'effort". À la suite de la crise d'adolescence d'Hélène, un ouragan de malheur, dangereux et imprévisible, s'était abattu sur elle et sur toute la famille, contre lequel le caractère besogneux de Lena semblait impuissant. Tout comme l'amour et le bon fond de son mari. À treize ans, la jeune fille commençait à comprendre que son père était un homme faible, qui ne savait faire autrement que de s'appuyer sur son épouse. Elle comprit soudain qu'elle était très différente de lui. Déjà dans l'apparence. Elle se renseigna sur internet sur les mystères de la couleur des yeux. Et comme André, elle tomba sur un article absurde, qui décrétait qu'un enfant aux yeux verts est le résultat d'une fusion solide entre un ovule et un spermatozoïde. Plus elle y pensait, plus elle avait une image terne de son père, harassé par la toux, sa

1. Voir note page 66.

Ventoline toujours à proximité, traversant des crises d'asthme fulgurantes même lorsque tout allait pour le mieux. Elle avait l'impression que sa mère n'aimait pas son père plus que cela. Les adultes lui cachaient quelque chose.

Bien que je n'aie ressenti aucune antipathie envers Lena, je me demandai si je devais croire mot pour mot tout ce qu'elle m'avait dit. Je réalisai pour la première fois que la vie était bien complexe, bien plus que celle des habitants des HLM de Hanoi et de Saigon, où j'avais vécu avec mon père et ma sœur. C'était ma deuxième année à Paris, je venais d'avoir vingt ans.

IX

Après ce jour où Lena se confia à moi, je ne fus plus jamais invitée chez mes voisins. C'est sans doute ce qui me donna d'autant plus envie de savoir ce qui se tramait au sein de la famille.

Au début, je pensais qu'il serait facile de satisfaire ma curiosité, puisque nous habitions le même immeuble. Le matin, quand je faisais l'effort de me lever tôt pour aller courir, je pouvais apercevoir tous les membres de la famille sortir un à un : d'abord Hélène et la deuxième, qui partaient toutes les deux pour le collège ; ensuite André, qui accompagnait le troisième à l'école primaire et enfin Lena qui emmenait la petite dernière en poussette à la maternelle.

Ainsi, tous les matins je me levais au son du réveil, enfilais mes Bata et partais faire quelques tours du pâté de maisons. Après trois jours de ce régime, je commençai à me lasser car je n'avais rien observé de plus que ce même petit manège : Hélène et sa cadette marchant à pas pressés, têtes baissées ; André à côté du troisième, l'interrogeant ou répondant à quelques questions anodines ; Lena contemplative, le regard perdu, heurtant parfois des passants avec la poussette et s'excusant auprès d'eux. Je la suivais sur un petit bout de chemin en prenant soin de ne pas me faire remarquer, en trottinant, en marchant presque, essayant de me souvenir de l'expression que je lui connaissais auparavant : comment était-elle ? Était-ce celle d'une quelconque manigance ?

Au cinquième jour, en suivant Lena qui revenait de l'école maternelle, je pensai, de guerre lasse, que ce serait la dernière fois que je la prendrais ainsi en filature. Je remontai chez moi, enlevai mes chaussures, allai me laver le visage dans la salle de bains avant de revenir à la cuisine chercher quelque chose à grignoter. Soudain, j'entendis la voix d'André depuis l'étage inférieur. La veille, le syndicat de copropriété avait fait démonter les conduits du vide-ordures afin de les faire nettoyer. Il y avait donc une brèche communicante entre ma cuisine et celle de Lena. André, qui se tenait vraisemblablement juste en dessous de moi, dit :

— Lena, je t'en supplie.

Il parlait d'une voix étranglée. J'avais l'impression qu'il essuyait l'une de ses crises d'asthme.

— Lena, je t'en supplie, répéta André une minute plus tard – sa voix semblait plus claire, il devait avoir sa Ventoline sur lui.

Je tendis l'oreille mais n'entendis aucune réponse de Lena.

— Lena, j'accepte tout, insista André d'une voix implorante.

J'imaginais son visage rond, écarlate, à la moustache clairsemée, grimaçant comme un adolescent faisant des yeux de chien battu à sa petite amie. Plus un bruit ne résonna. Ses phrases semblaient se perdre dans le vide. Je ne parvenais pas à deviner où se tenait Lena exactement et quelle était son attitude. Ils semblaient avoir attendu que les enfants soient à l'école pour se parler. Ils avaient commencé dès le retour de Lena. Que s'étaient-ils dit durant les cinq minutes où je me trouvais dans la salle de bains ?

— Lena, je t'en supplie, j'accepte tout.

Toujours la voix d'André, rien que sa voix, tantôt haute, tantôt basse, comme s'il était pris d'une crise d'asthme.

— Mais je refuse que tu acceptes tout, se décida enfin Lena.

Sa voix était un peu rauque, comme après plusieurs nuits d'insomnie.

— Je t'en supplie…

André avait à peine ouvert la bouche que mon téléphone se mit à sonner dans ma chambre. Je m'y précipitai aussitôt en fermant la porte derrière moi. À l'autre bout du fil commença l'habituel assaut matinal depuis Saigon : "Tu as bien pris ton petit-déjeuner, ma fille ? Tu es bientôt arrivée à la fac ? Tu as fait tes devoirs de latin ? Tu te souviens qu'ils ont interverti ton cours de théorie littéraire avec celui d'histoire des langues ?…"

Après avoir essuyé la rafale de questions paternelles, je revins à la cuisine, mais il régnait un silence absolu à l'étage inférieur. J'attendis encore cinq minutes et retournai dans ma chambre pour me changer. Je ne sais plus si j'ai eu le temps de glisser un morceau de pain dans mon sac pour mon déjeuner, mais je me souviens de ne pas avoir attendu l'ascenseur et d'avoir pris les escaliers pour aller plus vite.

Dans le hall de l'immeuble, je tombai nez à nez avec Lena et André, marchant côte à côte en tenues élégantes, des lunettes noires couvrant la quasi-totalité de leurs visages. Voyant mon air surpris, André m'expliqua qu'ils se rendaient à l'école d'Hélène pour le spectacle de fin d'année. Il y avait quelque chose de pitoyable dans sa voix et, surplombant ses lèvres blêmes, les poils de sa moustache semblaient plus longs et plus fins que d'habitude. À ses côtés, Lena demeurait silencieuse. J'aurais bien voulu voir ses yeux mais comment transpercer la couche de verre teinté qui les recouvrait ?

Lorsque je rentrai de la fac, il était sept heures du soir. Depuis la cuisine de Lena résonnaient un cliquetis de couverts entrechoqués et les cris des enfants qui se chamaillaient. Dans l'air flottait un fumet de bœuf bourguignon. Une heure et demie plus tard, ce fut le silence total. J'en déduisis que les petits étaient couchés.

Cette nuit-là, j'eus quelque peine à m'endormir. Juste en dessous de ma chambre se trouvait celle de Lena et d'André. J'imaginai, sous le plancher qui nous séparait, Lena recroquevillée dans un coin du lit. Elle ne faisait pas semblant de dormir pour éviter le regard de son mari comme lorsqu'elle se sentait fautive. Non, cette nuit-là, elle avait les yeux grands ouverts et regardait André fixement. Et lui, comme chaque fois qu'il se sentait complexé, cherchait à combattre ce sentiment en suppliant Lena de faire l'amour. Alors il la prenait dans ses bras et lui répétait ce qu'il lui avait dit dans la matinée : "Lena, je t'en supplie, j'accepte tout." Mais il se sentait d'autant plus rabaissé que les yeux de Lena demeuraient grands ouverts et secs. Et ce recroquevillement, qui auparavant l'émouvait et lui donnait de l'assurance comme à tout homme devant une femme en position de faiblesse, semblait cette fois signifier qu'elle cherchait à s'éloigner de lui. Son immobilité exprimait à la fois l'isolement et la défiance. Lena restait muette mais dans l'esprit d'André résonnait cette phrase qu'elle avait dite dans la matinée : "Mais je refuse que tu acceptes tout."

Je m'assoupis avec l'image de leurs corps, chacun replié dans un coin du lit, Lena regardant fixement André de ses yeux grands ouverts, lui les yeux fermés de peur.

Le lendemain, en me réveillant, je débranchai le téléphone fixe pour me prémunir des appels de mon père et m'installai avec mes livres de cours à la table de la cuisine, dans l'espoir de surprendre une dernière conversation entre Lena et son mari, avant que les ouvriers ne viennent remettre en place les conduits du vide-ordures.

Comme je l'avais prévu, vers huit heures, dans l'appartement du dessous quelqu'un ouvrit la porte et entra dans la cuisine. Plaçant ma tête contre l'ouverture du vide-ordures, je sentis parvenir à mes oreilles un bruit de pulvérisation émanant d'un flacon de Ventoline. Quelques minutes plus tard, j'entendis le dialogue suivant :

— Lena, je t'en supplie.

Il me déçut un peu. Pourquoi répéter à l'envi cette phrase niaiseuse ? Je pensai soudain que la vie auprès d'un homme comme André devait être bien monotone et que Lena avait dû en souffrir.

— Lena, j'accepte tout, répéta-t-il.

J'imaginais ses lèvres minces et tremblantes en prononçant ces mots, ses moustaches clairsemées par les nuits d'insomnie. Si je n'avais pas quitté la cuisine la veille pour répondre à l'appel de mon père, je n'aurais sans doute pas entendu grand-chose de plus que ces rengaines ennuyeuses.

— Je refuse que tu acceptes.

La voix de Lena était plus rauque que la veille. Peut-être n'avait-elle pas dormi de la nuit.

— Lena, je t'en…

— Je parlerai à Hélène ce soir, coupa-t-elle.

Le claquement de ses chaussures tandis qu'elle faisait les cent pas couvrait le son de sa voix et je dus tendre l'oreille pour entendre la suite :

— Elle n'est pas comme moi. J'ai grandi dans un pays où l'on évite toujours de dire la vérité si l'on ne veut pas être traité de réactionnaire. Je ne t'ai pas suivi ici par cupidité, mais parce que je voulais vivre sans avoir à mentir.

— Lena, ne fais pas ça !

Je sursautai, manquant de lâcher le livre que j'avais dans les mains. Je n'avais jamais entendu André parler si directement. En dessous, Lena semblait tout aussi stupéfaite et ne savait comment réagir. André poursuivit, d'une voix haute et constante (après tout, il avait l'habitude de parler dans des amphis) :

— Tu es en France depuis des années mais tu ne t'es jamais intégrée à la société. J'ai tout fait pour que tu n'aies pas à te battre dans ton nouvel environnement. Je voulais te protéger. Mais sans doute ai-je eu tort.

Lena ne répondit pas. Je sentais mon cœur tambouriner dans ma poitrine. André poursuivit :

— Tu te souviens peut-être d'Anatol, le thésard de Saint-Pétersbourg dont je t'ai parlé ? Parfaitement francophone, sérieux, jeune, plein d'enthousiasme. Ça fait cinq ans qu'il est au chômage. Il a postulé à plusieurs reprises dans une université parisienne pour être chargé de cours d'histoire soviétique, mais jamais il n'a été pris. Sais-tu à qui ils ont confié ce poste, au lieu de recruter un candidat aussi méritant ? D'abord à un type qui est loin d'avoir son niveau et son diplôme. Ensuite à un autre qui ne parlait pas un mot de russe. Et enfin à un autre dont la spécialité n'a rien à voir avec l'histoire ni avec l'Union soviétique. Mais tous les trois avaient quelque chose qu'Anatol n'avait pas : la nationalité française. Et dans toutes les lettres de refus, on louait ses compétences, son expérience, on regrettait de ne pouvoir l'embaucher pour cette fois, on espérait qu'il repostulerait l'année suivante… Si tu avais vu ces lettres ! La seule différence entre elles, c'était la date, dit André d'un seul jet, sur le même ton qu'un professeur faisant cours à ses étudiants.

Cette fois-ci, il n'eut pas besoin de Ventoline. Sans laisser le temps à Lena de réagir, il poursuivit :

— Tu te souviens sans doute aussi de Mathias, mon jeune collègue ? Il s'est marié avec une jeune femme malgache et ils viennent d'emménager dans leur nouvel appartement. Ils ont fait leur pendaison de crémaillère samedi dernier. Ils ont invité tous les collègues et presque aucun n'est venu, quand ils ont vu que l'adresse se trouvait à Barbès. Le plus drôle dans tout ça, c'est qu'ils votent tous à gauche et se disent solidaires avec les immigrés. Ils parlent des banlieues chaudes comme du paradis sur terre et c'est la faute à pas de chance s'ils doivent se rabattre sur des quartiers riches et tristes à mourir.

— Arrête !

La voix de Lena résonna de façon tout aussi abrupte. Encore une fois, je n'en crus pas mes oreilles lorsqu'elle répliqua :

— Je me fiche de ces histoires. Tu me méprises trop. Tu dis que tu veux me protéger, mais la vérité, c'est que tu veux que je t'appartienne. Depuis mon arrivée ici, le nombre de jours où j'ai touché à ma spécialité se comptent sur les doigts d'une main. Je n'ose même pas aller voir mes anciens camarades de Moscou quand ils viennent ici faire une conférence. Je tournicote entre le ménage et la cuisine. J'ai fait des compromis avec ton caractère patriarcal. Parce que, oui, tu es un patriarche : tu diriges tout et tu ne me laisses décider que pour des choses insignifiantes.

André sembla encore plus stupéfait que moi. Je crus entendre une pulvérisation de Ventoline. Sans attendre sa réaction, Lena continua :

— C'est la crise d'Hélène qui m'a ouvert les yeux. Elle est bien plus forte que moi. Je ne peux pas continuer à vivre comme ça. Je veux pouvoir être indépendante et décider de ma propre vie. À la mairie, ils m'ont dit que je pourrais faire une demande de HLM et recevoir des aides à la condition que tu signes ma demande de divorce…

— Mon Dieu, tu es allée porter notre histoire sur la place publique ? Tu sais que pour nous les Français, il s'agit presque d'un crime ? lâcha André.

Au-delà de l'indignation, je percevais une note de mépris dans sa voix.

— Garde ton Dieu pour toi. Mon avocat t'enverra un courrier.

— Et d'où sors-tu l'argent pour te payer un avocat ?

— Tu n'as pas le droit de me poser cette question, du moment que je ne vole pas l'argent des courses. Je sais que tu surveilles toutes mes dépenses : tu gardes tous mes tickets de caisse dans l'armoire de ton bureau.

— Je veux juste que les choses soient claires, surtout en ce qui concerne l'argent. À ce propos, je te préviens, que si tout ça va jusqu'au tribunal, n'espère pas avoir la garde des enfants : tu n'as pas le moindre revenu. Ton diplôme n'est pas reconnu ici et ton niveau de français est insuffisant. Je ne pense pas que tu puisses trouver du travail dans ta spécialité.

— Je suis allée voir l'ANPE. Je suis prête à travailler de mes mains s'il le faut.

— Hélène est officiellement ma fille !

— Ce soir je lui dirai la vérité et elle sera libre de rester ici avec toi ou de me suivre. Je pense qu'elle fera le bon choix.

— Tu es bien sûre de toi… Hélène a du caractère.

— Eh bien, je suis au moins contente qu'elle ne soit pas comme nous !

— Tu as dit du mal de moi aux enfants, tu les as achetés. Je veux que tu me fasses des excuses devant Hélène.

— Ce soir, je dirai tout. J'en ai l'intention depuis longtemps.

J'étais sidérée.

J'entendis des allers-retours fracassants dans le couloir. Les ouvriers allaient sans doute bientôt entrer dans les appartements pour remettre en place les conduits du vide-ordures. Croyant que leur discussion s'arrêterait là, j'entendis encore implorer André :

— Lena, es-tu bien sûre de toi ? Je t'en supplie. J'accepte tout. Nous sommes une famille heureuse.

— Tu fais semblant de ne pas comprendre.

— Si ta décision est prise, laisse-moi te dire une chose !

— Quoi ?

— Je ferai tout ce qu'il faut pour obtenir la garde des trois plus jeunes, même si je dois vendre l'appartement pour payer l'avocat ! Et tu perdras, c'est certain !

— Puisque tu en parles, je vais te dire une chose moi aussi !

— Quoi donc ?

— Tatyana n'est pas de toi non plus !

J'entendis un cri de désespoir sortant de la bouche d'André – *Bojé moï*[1] *!* semble-t-il, suivi d'un bruit de chute, sans doute son flacon de Ventoline, qui roula sur le sol durant une dizaine de secondes. Des coups frappés à ma porte me ramenèrent à la réalité. Je courus ouvrir. Des membres de la classe ouvrière internationale, me regardant d'un air revêche, me poussèrent sur le côté sans dire un mot puis firent entrer à grand fracas dans mon appartement des tuyaux en acier de toutes tailles avec tout un attirail de machines, de boulons et de vis.

Le soir, j'eus beau coller mon oreille au conduit du vide-ordures, tout était hermétique et pas un son ne filtrait depuis l'appartement du dessous. Résignée, j'allai me coucher en programmant l'alarme de mon réveil pour sept heures trente.

Le lendemain matin, je m'éveillai avant la sonnerie et enfilai mes baskets pour aller courir. Ce que je vis ne dénotait pas un grand changement par rapport à la semaine précédente : Hélène et la deuxième partirent en premier pour le collège, prenant leurs

1. "Mon Dieu" en russe.

jambes à leur cou dès qu'elles eurent passé la porte de l'immeuble, leurs sacs bringuebalant dans leur dos. Ensuite vint André, qui emmenait le troisième à l'école primaire. Il portait son blouson gris clair habituel, visage rond et serein, moustache intacte et semblait faire réciter à son fils une poésie sur le thème de l'été à la mer, mais le jeune garçon n'était pas très attentif et se retournait par moments, sans doute pour tenter d'apercevoir l'un de ses camarades. Enfin arriva Lena, qui emmenait la petite dernière en poussette à la maternelle. Elle portait la même tenue élégante que la veille pour le spectacle de fin d'année avec André. Sur son visage, plus pâle que jamais, toujours cette paire de lunettes noires insondable, surmontant ses lèvres rouges. Je vins trottiner sur ses pas, tout doucement, en essayant de me souvenir si je l'avais déjà vue aussi maquillée, mais dans ma mémoire n'apparut qu'un visage blafard et triste.

Je les suivis ainsi encore quelques matinées. Aucun signe ne semblait annoncer un changement dans leur couple. Au point de me demander si je n'avais pas mal saisi leurs conversations ou si je ne les avais pas tout bonnement rêvées. Les jours suivants, je n'eus plus le loisir d'y songer car je dus me plonger dans mes révisions d'examens de fin d'année. Puis un jour, en entendant du bruit en provenance de leur appartement, je lançai un regard vers l'étage inférieur et vis des ouvriers en train d'éparpiller leurs meubles sur le palier. Pensant que Lena s'apprêtait à emménager dans son nouvel HLM tout juste obtenu auprès de la mairie et m'en réjouissant secrètement pour elle, je revis le soir les mêmes ouvriers reposer sans précaution les meubles à l'intérieur. Ils étaient en fait venus vernir les parquets de l'appartement.

Dix jours plus tard, l'année scolaire s'acheva. Et comme toujours, la famille de Lena fut parmi les premières du quartier à partir en vacances d'été. Probablement parce qu'André enseignait à l'université et que ses vacances commençaient dès la fin du mois de juin.

Début septembre, ils revinrent de vacances. La nouvelle année scolaire commença. Tout reprit son cours habituel. Très vite, l'automne arriva et Paris revêtit son manteau de bruine. De retour de la fac, je restais cloîtrée chez moi. Les études littéraires me coûtaient de plus en plus. Mais je n'avais pas de meilleure option à l'horizon. Mon père continuait de me bombarder de questions tous les jours. Lassée, je n'avais plus envie de penser à mes voisins du dessous. Parfois, je rencontrais Lena dans l'ascenseur ou dans le hall. Elle me saluait toujours la première en me demandant comment allaient mes études, mais ne faisait absolument plus allusion à ses déboires familiaux. Je n'osais pas la questionner davantage sur le sujet. Je songeais, d'après ce que j'avais entendu en épiant leurs conversations, qu'il leur serait difficile de se raccommoder. J'essayai d'imaginer comment ils se comportaient ensemble lorsqu'ils étaient à la maison. Et Hélène, défiait-elle encore ses parents un couteau à la main ? Sans éléments tangibles, mon esprit élabora de nombreuses interprétations différentes, souvent contradictoires. C'en devint risible. Cependant, il reste une explication que je trouve relativement rationnelle : Lena, sans réponse de la mairie pour son HLM après une semaine d'attente, avait consulté l'ANPE et n'avait trouvé qu'une offre pour un poste de serveuse dans un restaurant russe, dont le salaire mensuel n'aurait pas suffi à couvrir une semaine de courses. À la réflexion, il valait mieux rester avec André. Son rêve de devenir "indépendante" et de pouvoir "décider de sa propre vie" s'avérait n'exister que dans les romans. Le divorce, comme dans toute société, était un truc de riches. Désormais, elle cherchait simplement à pacifier la rébellion d'Hélène, avec l'espoir qu'elle aurait mûri au sortir de l'adolescence, ou, qui sait, que ses yeux redeviendraient bleus ou changeraient encore de couleur. Quant à André, faible de nature et malgré sa souffrance en apprenant qu'il avait été fait cocu à deux reprises, il craignait plus que tout de voir sa famille détruite – et le regard des autres. Ses ennemis sauteraient alors sur l'occasion pour plaisanter sur son asthme chronique et ses flacons de Ventoline. La virilité et la force masculine – tout ce qui lui faisait défaut –, eux en avaient à revendre. Il osait à peine imaginer la suite. En songeant à la comédie du bonheur qu'il serait forcé de jouer toute sa vie, il en tremblait déjà. D'où son nouvel investissement dans les lunettes noires de grandes marques.

Un jour, je croisai Hélène dans l'ascenseur. Munie d'un grand sac de voyage, elle n'adressa la parole à personne. Chacun se mit en silence dans un coin pour lui faire de la place. L'ascenseur s'arrêta encore à quelques étages. Les voisins qui y montèrent ne lui dirent rien non plus. Je n'avais jamais connu un silence aussi pesant. Je compris qu'Hélène était en train de faire une fugue, mais j'avais le sentiment qu'elle reviendrait.

Et je ne m'étais pas trompée : quelques jours plus tard, en sortant tôt de chez moi, je vis Hélène partir pour le collège avec sa jeune sœur, chacune avec son sac bringuebalant dans son dos. Lena et André avaient dû œuvrer ensemble pour pacifier la révolte. Ils avaient peaufiné leur discours, plein de tact et de fermeté. Chaque étape avait été préparée comme l'aurait fait un gouvernement pour calmer une insurrection un peu trop bruyante. Ils en retireraient une expérience pour les trois autres : toutes les crises des cinq ans, des dix ans et des quinze ans seraient tuées dans l'œuf et au-delà des dix-huit ans, les crises ne seraient plus leur affaire.

À la fin du mois de juin, passée l'année scolaire, j'eus l'occasion de revoir des ouvriers transportant des meubles dans le couloir de l'étage inférieur. Cette fois, Lena partait pour de bon. Non pas seule mais avec toute la famille. En polo blanc, short bleu marine, Ray-Ban en écaille de tortue, André dirigeait les opérations d'une main de maître. Des centaines de cartons furent chargés dans un immense camion avec la télévision, le réfrigérateur et toutes sortes de meubles démontés, mis à part les six chaises de leur ensemble salle-à-manger, entassées sur le dessus et liées entre elles par de la ficelle. Avant le départ du camion, Lena s'approcha, testa l'équilibre de l'édifice et hocha la tête, l'air satisfait. Rencontrant mon regard, elle se contenta de me dire succinctement, dans un haussement d'épaules :

— Nous déménageons en banlieue.

Ses lèvres étaient couleur corail ce jour-là, en accord avec ses grandes lunettes mauves. Je ne la revis plus jamais.

X

Ma sœur m'avait bien dit de ne pas écouter les commérages. "Saigon est devenu le prolongement de Hanoi, et crois-moi, les Hanoïens n'ont pas emporté que le *pho* au poulet et les desserts au lotus avec eux." Elle avait dit cela d'une voix éreintée, ses yeux étaient vitreux à force d'insomnies et les petites cicatrices sur ses paupières n'en étaient que plus visibles. Elle savait probablement que mes collègues, tous sous son autorité, se moquaient d'elle derrière son dos. Dans cette université, l'un des rares établissements privés du pays où les organisations du Parti et de la Jeunesse communiste avaient perdu de leur importance, l'attitude des enseignants restait pourtant calquée sur celle des fonctionnaires. Depuis mon arrivée dans l'établissement, il semble que notre lien de parenté avait fait redoubler les commentaires. Il s'agissait toujours de phrases elliptiques, prononcées suffisamment fort pour que je puisse les entendre, dans la salle des profs, dans la cour, dans les couloirs, n'importe où… des phrases dont le sujet n'était pas nommé mais chargées de sous-entendus. Je me demande s'ils ne nourrissaient pas une forme de rancœur envers ma sœur, une rancœur sociale que j'ai souvent observée chez les employées de maison lorsqu'elles parlent entre elles de leurs patrons : les jeunes paysannes venues directement de province pour travailler dans ma résidence profitaient de chaque temps mort pour se rassembler dans les couloirs et se lancer dans des concours de ragots dont les principaux concernés étaient souvent leurs employeurs.

Mes collègues me mettaient au parfum de choses que ma sœur et mon père cherchaient à me cacher. Je me retrouvai dans une situation inconfortable : j'avais beau refuser de les écouter, mes oreilles se dressaient malgré moi. Par leur entremise, j'étais au courant bien avant ma sœur elle-même de révélations dont elle était toujours la dernière informée. J'appris ainsi que son mari avait un enfant illégitime à Hanoi, et peut-être pas qu'un. Ils se firent une joie de colporter la nouvelle, confirmée par un ancien collègue ayant mené son enquête à Hanoi : mon beau-frère avait bel et bien deux fils illégitimes. Quelques années après leur mariage, sachant qu'aucun médicament ne viendrait à bout de la stérilité de ma sœur, il n'avait pas hésité à présenter sa maîtresse à ses parents. Ces derniers, cadres haut placés du Parti, au courant de l'affaire depuis longtemps, lui donnèrent leur bénédiction. “Ils auraient même envoyé des présents aux deux garçons pour les reconnaître comme héritiers !” clamèrent mes collègues en plein milieu de la salle des profs en début de semaine.

Comme tous les lundis matin, les enseignants s'étaient réunis brièvement afin de traiter quelques questions administratives, avant de commander des en-cas à grignoter, et c'était souvent à ce moment-là que fusaient de plus belle les commérages sur ma sœur. Cette dernière révélation les ravit tellement qu'ils en oublièrent leur petit-déjeuner rituel. L'air était chargé d'émanations de croûtons frits aux œufs brouillés, de galettes de riz aux crevettes, d'entremets au lait de coco, de rouleaux de printemps et de petits pâtés de porc fermentés. Les tables jonchées de couverts en plastique, de feuilles de bananier et de boîtes en polystyrène conféraient à la salle des profs une allure de marché miniature.

— C'est évident, Dieu sait tout, et une goutte de sang vaut mieux que mille amis ! s'exclamèrent mes collègues d'un air satisfait.

Ma sœur ne savait pas que son mari avait eu des enfants au-dehors et qu'un an après leur mariage, il s'était mis en couple avec une étudiante tout juste diplômée de l'université, d'origine rurale et voulant rester à Hanoi, et que cela constituait le véritable motif de son installation à la capitale "pour son travail". Elle n'en savait strictement rien.

— Personne ne m'a rien dit, me dit-elle en pleurant, la famille et les amis se sont arrangés pour me cacher la vérité, ils sont tous de mèche avec lui.

Son visage était bouffi, son nez rougi, ses cheveux en pagaille, une image à mille lieues de la matrone aux grands airs que je lui connaissais. Son salon était décoré comme le château de Versailles, avec un mobilier importé de France. Tout était doré et minutieusement ciselé. Elle était morose, assise dans son fauteuil Marie-Antoinette. Si dans un futur proche la maison de ma sœur devait être vendue avec le mobilier, je me souviendrais de ce fauteuil, avec son dossier carré bleu pâle, son épais coussin revêtu de soie rose pâle et ses minuscules broderies de roses rouges, dont j'avais vu l'original au Petit Trianon. Dans le coin de la pièce, une cheminée de marbre, la lumière d'un feu crépitant projetée sur un gigantesque sapin de Noël clignotant de mille couleurs. Les murs étaient couverts de ses photos de mariage en grand format : elle et son mari dans leurs costumes, bouquet de fleurs à la main devant un "double bonheur" en caractères chinois et leurs prénoms entrelacés ; nos parents à gauche, ses beaux-parents sur la droite, le regard droit, tourné vers l'avenir comme on dit ici, avec cet optimisme immanent. Ma sœur me dit d'un air dépité en regardant ces photos :

— Ils n'ont même pas eu à se marier… elle était prête à rester sa maîtresse et à lui faire des enfants illégitimes.

Sa voix était amère. Les larmes firent coller ses cheveux à son visage. Sa robe de chambre ne pouvait dissimuler le relâchement naissant de son corps et la fermeté douteuse de sa poitrine. Ce décor, le corps de ma sœur, les larmes… j'avais l'impression d'assister au finale d'une tragédie classique. La nuit était déjà tombée sur l'immense jardin. Je vis le feuillage des palmiers. Au loin, la lumière des phares des chalands sur la rivière Saigon. La maison la plus proche était à une centaine de mètres. Tout cet espace… soudain, Paris me manqua. Là-bas, c'était encore l'après-midi. P devait être au travail. Tôt ce matin – ou peut-être était-ce hier –, j'avais encore rêvé du parc. Les roseaux se balançaient sur un air de musique inconnue.

Ma sœur cessa de pleurer et saisit une télécommande qu'elle pointa vers la cheminée. Le feu s'éteignit instantanément et Noël prit fin. Baisser de rideau.

Ses yeux dans les miens, ma sœur me demanda d'une voix apaisée :

— Dis, tu verrais une objection à ce que j'aie une liaison avec un homme, un homme français ?

Je sursautai et lui répondis qu'elle était la seule à pouvoir décider de ses relations. Elle répondit, de la façon la plus douce qui soit :

— Je ne regrette pas de t'avoir payé ces dix années d'études en France.

Elle prit ma main. Les siennes, qui ce soir n'arboraient plus toutes ses bagues endiamantées, étaient très douces. Ses yeux brillaient d'une lueur de reconnaissance avec un soupçon de déférence, comme lorsque nous étions petites : à chaque bêtise qu'elle faisait, ma sœur me demandait de prendre sa défense et notre père n'avait d'autre choix que de m'écouter.

— *Je te remercie, mon ange. Tu es toujours là pour me protéger**, me dit-elle dans un français parfait.

Elle m'avait appelée mon ange, comme à l'époque de nos leçons avec Mme Mai Chi. Notre professeure de français fut la première à nous expliquer ce qu'étaient les anges, qui était Jésus, et je me souviens encore de la crainte que je ressentis alors en imaginant qu'il y avait un Dieu invisible qui surveillait l'humanité et qui savait chacune de nos actions et chacune de nos pensées. L'Oncle Hô, l'Oncle Mao, Lénine et Karl Marx me semblaient plus abordables : ils étaient dans nos manuels scolaires, dans les revues que nous lisions, les chansons que nous chantions et les films que nous regardions. On nous avait lavé le cerveau dès la maternelle. Ils étaient nos saints à nous, bien qu'on nous ait toujours inculqué que la société dans laquelle nous vivions était athée.

— *Je te remercie, mon ange**.

Ma sœur me regarda avec chaleur. Je sentis en moi une bouffée d'amour, mon nez me piquait légèrement. Il s'en fallut de peu que je lui dise tout : sur P, sur mes sentiments pour lui, les journées passées avec lui. Finalement, je ne dis rien. Je ne sais pas pourquoi je me suis tue. Mais à cet instant, je compris son sentiment, ce fantasme qu'elle nourrissait sur les relations entre les femmes asiatiques et les hommes occidentaux.

XI

Un jour, à Paris, nous nous donnâmes rendez-vous pour le déjeuner. À l'époque, je révisais en vue de mes partiels. Cela faisait plusieurs jours que je n'étais pas sortie de chez moi et je me nourrissais exclusivement de nouilles instantanées et de jus d'orange en pack. En me voyant dans le miroir, je faillis ne pas me reconnaître. P me téléphona. Il me dit que je ne devais pas m'enfermer chez moi comme ça, que mon père était devenu mon geôlier et mon appartement ma prison. Je me changeai, m'efforçant de ne pas ressembler à une prisonnière sortant des camps, et descendis dans la rue. Sur le quai du métro, P me dit qu'il avait juste le temps de déjeuner et qu'il devait faire très vite. Nous allâmes dans un restaurant chinois non loin de son bureau. Le lieu semblait tout nouveau et était donc quasiment vide. Deux hommes entre deux âges étaient en train de discuter assis à une grande table au milieu de la salle. P m'entraîna vers une petite table logée dans le coin le plus retiré. Nous passâmes commande et commençâmes à parler de tout et de rien. Tout à coup, P me dit en me faisant un signe des yeux :

— Tourne tes jambes vers moi.

Nous étions au printemps, je portais une jupe longue et des chaussettes fines. P se rapprocha. Sa main caressa ma chaussette, remonta le long de ma cuisse, en direction de l'aine, laissant une sensation de brûlure sur ma chair. Lorsque le patron apporta un *bo bun* pour lui et des *ha kao* à la vapeur pour moi, les doigts de P avaient eu le temps de continuer leur progression et je dus me redresser pour remercier le patron avec un large sourire. Ce dernier avait probablement tout vu mais nous souhaita poliment un bon appétit en français avec l'accent de Canton. Tout en mastiquant un ravioli, je jetai un coup d'œil autour de moi. Le restaurant était toujours vide. Les voix des deux autres clients résonnaient uniformément. Des sons plutôt gutturaux qui ressemblaient à de l'allemand. Les doigts avides de P plongèrent mon corps tout entier dans une sorte de fièvre. Mais chaque fois que je tentai de le repousser avec mes cuisses, je rencontrai son regard qui m'intimait de ne pas bouger. Alors je renonçai, restant assise tranquillement et mâchonnant bruyamment. Les *ha kao* d'un blanc délicat, constitués de crevettes, de haricots de soja et de pâte de riz transparente me faisaient oublier l'odeur épouvantable des nouilles instantanées, l'angoisse des examens et le flot de questions interminable de mon père. À cet instant même, le téléphone de ma chambre devait être en train de sonner à tue-tête. À Saigon, mon père allait parfois jusqu'à renoncer à son dîner lorsque ça ne répondait pas à Paris.

Les doigts de P continuaient de fureter sous la table. Des yeux, il m'invita à goûter son *bo bun*, auquel il n'avait absolument pas touché. Je hochai la tête et rapprochai son plat. J'y ajoutai du citron frais et toute une coupelle de sauce de poisson où flottaient de petits morceaux de piment. Je mélangeai le tout avec mes baguettes, mangeai voracement et bus de l'eau à grandes gorgées. P n'avait de cesse de me provoquer en m'envoyant des clins d'œil. Je n'y prêtai pas attention. Les nems, le bœuf sauté, les arachides pilées, le basilic frais, le vermicelle de riz, tout dégringolait dans mon estomac sans que je prenne le temps de le broyer avec mes dents. C'était la pagaille dans mon ventre. La bouteille d'eau minérale sur notre table était entièrement vidée. C'est alors que je m'aperçus du silence étrange qui régnait dans la salle et du bruit des sirènes d'ambulance au-dehors. Alors mon instinct me fit relever la tête : depuis leur table, les deux hommes ouvraient de grands yeux ébahis braqués dans notre direction. Ils avaient cessé de discuter depuis un moment. Les plats sur leur table étaient intacts. Ils avaient vu tout ce qui se tramait sous la nôtre.

P me raconta qu'il les avait observés et que leur jubilation n'avait fait que l'exciter davantage. Au point que ses doigts ne pouvaient plus s'arrêter, comme ensorcelés par les regards de ces hommes. Ils commandaient leurs regards, pour être ensuite dirigés par eux.

Na, qui fut quasiment ma seule amie durant mes dix années d'études, disait que, au cours des années 1990, à chacun de ses retours à Hanoi, lorsque le vol Air France faisait escale à Bangkok, elle voyait descendre un grand nombre de passagers occidentaux. Des hommes seuls et bedonnants, venant de régions reculées, où les industries lourdes allemandes implantaient leurs usines. Incapables d'attirer les regards bleus de leurs compatriotes féminines et n'osant pas davantage bousculer l'ordre social en épousant des étrangères, ils travaillaient toute la journée d'arrache-pied, copinaient le soir avec des chopes de bière et économisaient pour effectuer tous les ans un voyage en Thaïlande, où ils étaient traités comme des princes. Leurs fantasmes de jeunes filles bronzées aux cheveux longs gagnaient même en intensité chaque fois que les médias internationaux faisaient état de la mort mystérieuse d'un touriste européen ou d'une prostituée thaïlandaise à la suite d'un jeu sexuel, avec des images de la victime nue comme un ver, la tête enveloppée d'un sac plastique, les quatre membres attachés ou une partie du corps manquante.

Lorsque je racontai à Na l'anecdote du restaurant chinois, elle affirma que les deux Allemands m'avaient prise pour une Thaïlandaise. D'après elle, les hommes français sont un peu plus discrets, ce qui ne les empêche pas de fantasmer sur les expertes en services sexuels. Un jour, alors qu'elle venait d'arriver en France et qu'elle attendait une amie à la sortie du métro, elle remarqua des passants qui la lorgnaient d'un œil louche. Croyant qu'elle avait le visage barbouillé ou les cheveux en pagaille, elle sortit son miroir de poche pour se recoiffer et refit son maquillage au passage. D'un coup, un homme vint lui demander très poliment : "Pardon mademoiselle, pourrais-je vous demander votre tarif ?" Épouvantée, elle crut avoir mal entendu. L'homme reposa sa question, en anglais. Avant de prendre la fuite, elle avait eu le temps d'apercevoir les mots "Chiang Mai Massage" en lettres clignotantes sur la vitrine d'une boutique située juste derrière elle.

Je taquinai P en lui disant que pendant que sa main était dirigée par les regards des deux Allemands du restaurant chinois, sa tête était sûrement en train de penser à une jeune femme aux cheveux longs, au teint mat et dotée d'une opulente poitrine, se tortillant dans une vitrine de Phuket. Gêné, il détourna le regard. Je m'esclaffai : je n'aurais jamais perdu mon temps à être jalouse de ses fantasmes !

— Ne me dis pas que vous les femmes, vous ne vous caressez jamais en pensant à quelqu'un ! riposta-t-il.

— Il semble que les Hanoïennes raffolaient de Stefan Danaïlov[1] dans les années 80 ; dans les années 90 c'était plutôt Richard Chamberlain, dans les années 2000 Bill Clinton ; et bientôt ce pourrait bien être Kim Jong-Un.

Il entra dans mon jeu :

— Les Parisiennes n'ont jamais raffolé des hommes politiques. Pour ma sœur comme pour ma grand-mère, le mec idéal, c'est Brad Pitt !

Avant de me taquiner en retour :

— Et toi ? Raconte-moi un peu qui est l'objet de tes fantasmes.

Je haussai les épaules :

— Personne, c'est bête. Même pas toi !

P cogita un instant avant de répliquer :

— Je crois que dans une société où la sexualité est réprimée, les fantasmes continuent d'exister, mais sous une forme souterraine. Tu as certainement des fantasmes, mais tu les refoules ou les détournes.

À cet instant, je ne savais pas que P m'avait comprise mieux que moi-même.

1. Acteur bulgare (1942-2019) ayant entre autres incarné le personnage de l'espion communiste Nikola Deyanov, dans la série télévisée *À chaque kilomètre*, dans les années 1960-1970.

XII

À l'époque où j'acquis le réflexe de décamper en vitesse aussitôt après avoir salué nos voisins, M. Mac emménagea dans le logement situé juste à côté du nôtre. Voilà un monsieur qui me faisait toujours détaler sans même prendre la peine de le saluer, mais je n'y parvenais pas à tous les coups car il semblait doté du pouvoir de se rendre invisible. J'avais peur de le regarder en face. Sa mine austère procurait des frissons aux âmes sensibles et aux enfants tels que moi, davantage habitués aux figures blêmes et résignées des habitants de HLM. En apprenant son histoire, je compris que c'était là l'expression d'un homme qui avait tout perdu et qui se fichait désormais de tout. À mon arrivée en France, j'eus l'occasion de faire quelques expériences qui s'avérèrent concluantes : toute personne ayant le regard fixe, souriant en coin ou reniflant à trois reprises comme lui se révélait être un héros. Seulement, au XXIe siècle, les héros de France se cachent tous sous terre. Un après-midi de janvier, ce fut l'un d'eux qui poursuivit dans les longs couloirs de la station Opéra un voleur qui m'avait arraché mon sac à main, sous le regard indifférent de deux policiers arpentant bras croisés le boulevard des Capucines. J'hésitai à sortir quelques billets de mon portefeuille pour le remercier, quand l'aimable mendiant me fit un sourire en coin avant de prendre congé.

À Hanoi, mon père se considéra toujours comme un prisonnier. À ses yeux, cette ville fut une gigantesque prison dont il ne pouvait s'échapper, où qu'il aille. Il aspirait à une liberté souveraine et absolue, selon l'acception française, une liberté dont il s'était enivré durant Mai 68. Répondant à l'appel de la reconstruction du pays et de retour à Hanoi sept ans plus tard, il sombra rapidement dans le pessimisme. Un pessimisme illimité et permanent, d'une saveur tout aussi française. Plus il s'enferma dans la capitale étriquée de l'époque, plus il regretta l'Hexagone, où l'on pouvait s'élancer dans les rues au coude à coude à la première occasion, qu'il s'agisse de protester contre la hausse des frais d'inscription des étudiants étrangers ou de réclamer la réduction du temps de travail des infirmières.

M. Mac, au contraire, ne se voyait pas comme un prisonnier. La prison n'existait qu'entre les murs de Hoa Lo[1], où l'on pouvait l'interroger à n'importe quelle heure, l'accuser de n'importe quel crime et lui imposer n'importe quelle condamnation, et uniquement entre ces murs puants, maculés de cadavres de moustiques et de crottes de rats. À sa sortie, il se prit pour un homme libre, malgré le statut "provisoirement acquitté" inscrit sur ses papiers et un trou de plusieurs années dans son dossier. La captivité,

1. Ancienne prison de Hanoi datant de l'époque coloniale française, connue également sous le surnom ironique de *Hanoi Hilton*.

qui lui avait tout pris – son travail dont il fut renvoyé, sa femme qui en avait épousé un autre et son fils qui l'avait rejeté –, le transforma en prolétaire, au sens propre du terme. Le fait de n'avoir aucun bien, ni femme ni enfant, lui donna un libre arbitre total. Aucune attache et personne dont il faille se soucier. Il n'était absolument pas optimiste comme l'étaient les autres Vietnamiens : son expérience lui avait enseigné de rudes leçons. Mais il n'était pas pour autant pessimiste comme les Français : il n'avait connu la France qu'au travers des manuels scolaires de son enfance et il ne se souvenait que de quelques phrases approximatives dans la langue du pays. M. Mac et mon père n'avaient jamais échangé davantage qu'un signe de tête. Mon père semblait se méfier de lui, et ce dernier ne se souciait ni de mon père ni de sa méfiance.

J'ai entendu dire qu'au premier jour après sa sortie de Hoa Lo, M. Mac était parti à la recherche du voisin qui l'avait accusé de réactionnisme dans un courrier envoyé à la police de quartier. Sans la moindre explication, il flanqua une rossée magistrale à ce pourri. Ensuite, il revint dans son logement prendre les affaires laissées par sa femme, allant de la paire de tongs en lambeaux à la brosse à dents usée, les mit dans un sac avant de les apporter au bureau de celle-ci. Après quoi il se rendit à la police du quartier, fit rayer son fils de son livret d'enregistrement et rédigea un courrier pour restituer son logement HLM. Enfin, il vint à l'institut scientifique où travaillait mon père et y postula pour un emploi de gardien. Comme il était le seul candidat à accepter toutes les gardes de nuit sans demander d'indemnité spéciale ni de titularisation, le directeur l'engagea immédiatement et lui donna la clef d'un vieux débarras contigu à notre logement, sans fenêtre et situé sous un escalier. M. Mac prit la clef, regardant fixement le directeur, sans un mot de remerciement, ce qui déconcerta ce dernier. D'ailleurs je n'ai jamais vu M. Mac remercier qui que ce soit.

Le temps passa et M. Mac vécut comme une ombre dans le HLM. Il semblait appliquer les leçons qu'il avait tirées de son expérience avec son ancien voisin. Il ne faisait pas la queue pour acheter des légumes, puiser de l'eau à la fontaine publique ou utiliser les sanitaires communs. Il ne participait pas au partage de la viande de porc lors de la fête de l'Indépendance, ni à la confection des gâteaux de riz gluant du nouvel an lunaire, pas plus qu'aux assemblées générales de fin d'année. Il ne desserrait jamais les lèvres pour faire des civilités ou discuter avec qui que ce soit. Lorsqu'on l'invitait à un enterrement ou à un mariage, il reniflait à trois reprises en guise de réponse et ne se rendait jamais à l'événement. Lorsque l'occasion d'aider autrui se présentait, il se contentait de sourire en coin et s'en allait aussitôt, pour ne pas laisser à l'autre le temps de le remercier. Parfois, lorsque je rapportais de l'eau de la fontaine publique, M. Mac apparaissait subitement et s'emparait de mon seau pour l'acheminer jusqu'à ma porte. Mes remerciements restaient chaque fois coincés dans ma gorge tandis que je croisais son regard glacial. Je me demandais toujours s'il m'apportait son aide parce que je lui bloquais le passage. Un jour, un couple se disputa et le mari poursuivit sa femme dans la cour de l'immeuble. M. Mac, qui rentrait à cet instant, surprit la scène, lâcha son vélo et s'en alla briser le bras du mari, qui tomba à terre en se tordant de douleur. La femme fondit sur son mari sanglotant. Les badauds abreuvèrent M. Mac de remontrances. Sans répondre, celui-ci se contenta de renifler trois coups, se baissa pour ramasser son vélo et rentra chez lui.

Naturellement, le comportement de M. Mac choqua tout le voisinage, moi y compris.

Si nos voisins voyaient mon père comme quelqu'un de légèrement toqué et avaient un peu pitié de lui, ils considéraient M. Mac comme un individu franchement inquiétant et ne cachaient pas leur exaspération. Chaque jour, à la fontaine publique, dans les couloirs ou dans la cour commune, parvenaient à mes oreilles des racontars malveillants à son sujet : s'il avait écopé de plusieurs années de prison, c'est parce qu'on l'avait suspecté de réactionnisme, et qu'il se comportait avec son ex-femme et son *unique fils biologique*[1] de façon très inhumaine (un voisin qui avait mené son enquête dans son ancien HLM avait divulgué toute son histoire passée).

Il faut que je revienne sur une certaine soirée, qui précéda de peu la fête de la mi-automne. Ces soirées me donnaient mes plus beaux souvenirs de l'année, grâce aux gâteaux de lune que mon père – ou ma mère, avant leur divorce – rapportait de son travail pour ma sœur et moi. Un soir d'automne donc,

1. L'autrice, en mettant ces mots en italique, souligne ici l'importance que revêt un fils biologique dans l'esprit populaire vietnamien par rapport aux enfants adoptés. L'adoption étant très peu répandue dans les mœurs, il est considéré comme d'autant plus choquant de maltraiter un enfant biologique, un fils de surcroît, qui perpétue la lignée.

un vacarme et des bruits de pas se mirent à résonner derrière le mur, m'arrachant à ma leçon de français. D'ordinaire, ce mur constituait le côté le plus paisible de notre logement, c'est pourquoi notre père l'avait choisi pour y accoler notre pupitre. De l'autre côté se trouvait le logement de M. Mac. Parfois, à l'heure du coucher, ma curiosité de petite fille me poussait à imaginer la vie de ce voisin un peu étrange, dans cet espace totalement clos et silencieux. Mais chaque fois, je m'endormais avant même d'avoir pu en concevoir une image précise. Toujours mes yeux se fermaient, ma tête s'alourdissait et l'ombre de M. Mac se fondait dans l'immensité de la nuit.

Mais cette fois, les bruits derrière le mur surpassèrent tout ce que j'aurais pu imaginer. D'abord, ce furent des bruits pesants, comme des chutes d'objets que l'on jetait au sol. Puis des bruits de froissements, produits, j'imagine, par des mains fouillant dans des papiers, des livres ou des journaux. Mêlées à cela, des injonctions : "prends ça", "ouvre", "à la première page", "mets tout ça là-dedans"... Ce soir-là, par la grâce du destin et par le plus grand des hasards, mon père fit un détour après son travail par le magasin d'État et ne fut pas le témoin de ce qui arriva dans le logement voisin, vers lequel il jetait toujours un regard méfiant. Entre la famille nombreuse et bruyante d'un côté et M. Mac, célibataire et silencieux comme une tombe de l'autre, mon père semblait toujours plus mal à l'aise avec le second. Si la discrétion est la vertu que les Français apprécient le plus chez leurs voisins, elle constitue pour les Vietnamiens le premier motif d'hostilité. Ici, personne ne craint le bruit. Nous sommes tout à fait capables de manger, de dormir, de faire des devoirs, de réciter une poésie, de jouer de la guitare ou de faire l'amour à proximité d'un haut-parleur, d'un karaoké, d'un marché à ciel ouvert, d'une aiguiseuse électrique ou d'une fanfare de funérailles. Après son retour au Viêtnam, mon père devint sensible non pas au bruit, mais au silence. Car si le bruit révèle le caractère des choses, Dieu seul sait ce que cache le silence. Qui nous épie en secret, mène une enquête, prend des notes et rédige des rapports à notre sujet, et cela à quelques mètres de nous ? Lors des assemblées générales de quartier, mon père était souvent le seul surpris en entendant le chef de district avertir qu'un résident avait écouté en cachette la BBC, telle nuit, à telle heure... Hier, sur son lit d'hôpital, il me dit, au bord des larmes : "C'est fou, comment quelqu'un qui recherche toujours le silence comme moi finit par en être effrayé ?"

J'eus raison de penser que si mon père avait été présent ce soir-là, les bruits et les injonctions en provenance du logement voisin l'auraient frappé en plein cœur. Le peu d'optimisme qu'il s'était efforcé de cultiver dans ce petit coin sombre du monde serait aussitôt parti en fumée et il serait devenu plus pessimiste que le premier Français venu. Je ne sais comment mon père aurait pu continuer à rester en vie sans perdre l'esprit s'il avait vu de ses yeux notre voisin se faire menotter et embarquer dans une voiture de police. Aujourd'hui encore, mes cheveux se dressent sur ma tête quand me revient le visage de l'agent qui l'avait arrêté. Sa seule vue suffirait à vous faire penser que même les géants d'Hollywood ayant tenu des rôles de policier, d'espion, d'agent du KGB ou de la Gestapo, sont de piètres comédiens. Aucun d'entre eux n'a jamais su avoir un tel regard : glacial, transparent, projeté sur vous comme s'il pouvait vous transpercer, se glisser dans les moindres recoins de votre esprit, arracher vos pensées les plus intimes et vos secrets les plus enfouis.

Inutile de préciser que notre immeuble demeura très agité durant plusieurs jours et plusieurs nuits après le départ de M. Mac. Cette histoire qui après des mois faisait encore parler donna lieu à d'innombrables interprétations différentes, mais toutes orientées vers un seul et même sujet : la brebis galeuse, l'ombre rebutante du HLM. Mon père ne parla jamais de lui et cessa de regarder avec méfiance le *mur tranquille* car peu après, le logement de M. Mac fut attribué à un couple de jeunes mariés qui, selon l'usage, donna naissance neuf mois plus tard à un premier enfant, suivi d'un second neuf mois après, et cette jeune famille nous apprit le sens du mot cauchemar et à vivre avec du coton dans les oreilles. Quelque temps plus tard, notre famille partit pour Saigon.

Puis un jour à Paris, je reçus un coup de téléphone. À l'autre bout de la ligne, une voix assurée et un peu coquette, avec l'accent du Centre. L'homme se présenta comme étant le directeur de l'institut X où travailla mon père après son retour au Viêtnam.

XIII

Une demi-heure plus tard parut devant moi un homme de taille moyenne aux cheveux blancs, visage rond à lunettes, répondant en tout point à l'image que se font les Vietnamiens de la bonté et de la sagesse. Il promena son regard sur mon appartement et s'enquit du montant du loyer. Je lui répondis. Il demanda comment je pouvais me permettre de payer une telle somme. Je lui répondis. Il demanda comment ma sœur pouvait se permettre de payer une telle somme pour moi. Je ne dis rien. Il se demanda alors comment quelqu'un comme lui, haut fonctionnaire de son état, pourrait se permettre de payer une telle somme. Je lui servis un verre d'eau glacée, espérant jeter un froid sur sa curiosité. En vain. Il me demanda ce que j'étudiais, et dans quelle université, et en quelle année, et qui était mon directeur de thèse, et quand aurait lieu ma soutenance, et comment j'allais trouver un poste après l'obtention de mon diplôme, et si je comptais demander la nationalité, acheter une maison à crédit et faire venir mon père par regroupement familial et bénéficier des aides aux personnes âgées et de la Sécurité sociale. Ses questions me donnèrent le tournis et je demeurai la plupart du temps silencieuse.

Parfois je lui répondais en français et il me répondait quelques phrases, également en français, en roulant les *r*. Il m'expliqua qu'il les roulait ainsi sous l'influence d'une de ses anciennes camarades d'études de Moscou. "*Une femme très charmante**", dit-il à deux reprises, en roulant les *r*. De l'affection apparut dans ses yeux, le faisant soudain rajeunir d'une dizaine d'années. Je regardai ses lèvres pleines et rose pâle, songeant qu'elles avaient dû briser bon nombre de cœurs féminins – des femmes romantiques, en quête d'un homme intellectuel avec tout le prestige que cela implique, un prestige réduit à néant depuis quelques générations par les événements politiques.

Il hésita. J'avais l'impression qu'il voulait dire quelques mots à propos de cette *femme très charmante**, même lorsque notre discussion bifurqua sur un autre sujet. Il voulait sans doute me confier un souvenir qui venait de lui revenir en mémoire, mais à deux reprises, il se retint au bon moment. Bon moment que je n'eus aucune peine à identifier, car sa bouche, grande ouverte, se refermait aussitôt et ses yeux se mettaient à briller d'une lueur triomphante, comme s'il avait vaincu son envie d'en dire davantage. Toujours peut-être dans le but de calmer sa mémoire qui remontait à la surface, il proposa de me réciter des poèmes. Nguyên Du, Nguyên Binh, et un poète du Sud dont il préféra taire le nom, toutefois celui-ci importait moins que son niveau de romantisme, qu'aucun poète du Nord n'avait jamais atteint. Mais tout ceci n'était qu'un prétexte pour parvenir à la poésie soviétique et à Moscou. Cette ville semblait occuper une place particulière dans son cœur.

— *Ne blesse pas les arbres à la saison des feuilles mortes*[1].

"Les grues", "le brouillard" et "la fumerolle" faisaient résonner ses *r* roulés dans mon appartement.

Je le regardai attentivement. Chemise blanche, gilet en laine bleu marine, cravate couleur prune, béret gris clair. En plein été parisien. Une palette de couleurs qu'on eut sûrement considérée comme luxueuse au temps du rationnement. Je n'aurais jamais pensé l'accueillir un jour chez moi. Si M. Mac était devenu un sujet de médisance pour les habitants du HLM et si mon père inspirait un tant soit peu la pitié, le directeur de l'institut, au contraire, n'aurait suscité qu'admiration, pour ne pas dire une envie non dissimulée. "Un grand intellectuel communiste". "Une âme scientifique imprégnée de poésie". À mon arrivée en France, les médias viêt kiêu le qualifiaient de "contestataire" et de "dissident", des termes qui aujourd'hui pullulent sur la toile mais qui à l'époque n'auraient jamais pu être prononcés par les Vietnamiens à l'intérieur du pays.

Après une demi-heure de déclamation, le front ruisselant de sueur, le directeur se leva et me proposa de l'accompagner à une adresse située à quelques rues de chez moi.

— C'est là que travaille ma fille, vous pourrez vous rencontrer et vous entraider à l'occasion, entre compatriotes.

J'hésitai.

— Votre père et moi nous sommes rendus quelques services par le passé, ajouta le directeur.

1. Vers issu du poème *L'Automne* (1938) d'Olga Bergholtz, poétesse et scénariste soviétique (1910-1975).

J'hésitai encore.

— Nous parlerons en chemin, insista-t-il.

C'est sur ce chemin d'environ trois cents mètres que j'appris la vérité sur cette soirée, il y a plus de dix ans, cette soirée qui fut fatale à M. Mac.

Le directeur m'assura que ce n'était la faute de personne, que c'était un malencontreux concours de circonstances. La veille de la fête de la mi-automne – il était déjà tard –, cette fameuse *femme très charmante* lui avait rendu visite à son bureau. Ils devisèrent longuement. Puis elle lui demanda de lui réciter un poème, celui qu'ils déclamaient ensemble à Moscou, une dizaine d'années auparavant. *"Sois joyeuse, sois heureuse / Comme la pluie lors de nos adieux*[1]*."* Elle dit qu'elle n'oublierait jamais ce poème, qu'il avait accordé au féminin pour elle.

Le directeur, marchant à pas pressés, parla d'une traite, comme si le souvenir de cette femme l'étreignait encore et qu'il se sentait obligé de le raconter au premier venu. Je l'observais en silence, et mon instinct me dit que j'allais bientôt retirer une chose utile de ce tas de futilités.

— Cette femme vietnamienne exemplaire cachait une âme romantique. Nous avions retrouvé l'ivresse de la poésie. À cet instant, le gardien a fait irruption dans mon bureau et m'a montré l'horloge sur le mur. J'étais terriblement embarrassé. C'était un ancien détenu, que j'avais engagé par charité. Comme je m'en suis voulu pour cet excès de sentimentalisme. Mon amie était encore plus embarrassée que moi. Elle a dû se demander ce que faisait un employé aussi

1. Voir note page 111.

impudent sous mes ordres. Elle s'est levée puis elle est partie. Vingt-quatre heures plus tard, les services secrets sont venus le chercher chez lui.

Le directeur s'arrêta de marcher et me regarda. Il devait savoir que notre logement était contigu à celui de M. Mac et que j'avais très probablement assisté à son arrestation. Je m'arrêtai également et regardai le directeur. Mon air soupçonneux le poussa à préciser :

— Le Ciel m'est témoin, je n'y suis absolument pour rien. Votre père était lui aussi présent ce soir-là à l'institut. Lors de l'incident, il était le dernier employé présent dans les locaux.

Mon père… Pourquoi mon père aurait-il participé à tout cela ? Pourquoi était-il resté après la fermeture des bureaux ? En temps normal, il était réglé comme une horloge, une habitude qu'il avait prise en France et qu'il s'était résolu à conserver à son retour au pays pour éviter les ennuis et qu'on ne puisse jamais rien lui reprocher. Je ne lâchais plus le directeur des yeux, je ne comprenais toujours pas ce qui avait poussé mon père à s'éterniser au bureau en cette soirée fatidique.

Le directeur était pris dans le flot de ses confidences. Il parlait continuellement. Je dis bien *confidences* et non pas *explications*. Il n'avait nul besoin de s'expliquer sur un événement survenu il y a bien longtemps et qui n'avait eu aucune conséquence pour lui. Il voulait uniquement se confier. Les Vietnamiens, lorsqu'ils voyagent à l'étranger, que ce soit pour motifs touristiques ou professionnels, emportent toujours avec eux un stock de nouilles instantanées et tout un sac de confidences.

— Quand mon amie fut en bas de l'escalier, votre père passa devant mon bureau. Je lui ai demandé de témoigner en ma faveur au cas où quelque chose arriverait et il m'a donné son accord. En fin de compte, personne n'a eu vent de cette histoire. Le seul ennui, c'est que mon amie était un peu en colère. Assez froissée même, devrais-je dire. Lorsqu'elle est allée parler de cet ancien détenu à la police de quartier, ils lui ont aussitôt montré une dizaine de lettres de dénonciation – toutes dûment datées, rédigées avec soin et relatant des motifs sérieux. Et toutes en provenance du HLM de l'institut. Il y avait de quoi le faire inculper.

Son histoire s'acheva alors que nous arrivions à l'adresse où il voulait m'emmener. Il s'agissait d'un hôtel particulier dont le portail s'ouvrait sur un grand jardin. Au travers de la clôture en fer forgé, on distinguait une fontaine au milieu des allées de gravier et des arbres séculaires projetant leur ombre sur des massifs de rosiers. En ce dimanche après-midi, l'air était imprégné d'un fumet de cuisine française et de rires d'enfants. Le directeur promena son regard affûté sur la bâtisse et me fit approcher afin de murmurer à mon oreille. D'une voix émue, il m'avoua avoir été loin de se douter que les employeurs de sa fille étaient aussi aisés. Comment aurait-il pu imaginer pareille maison en plein Paris ?

— L'appartement d'un membre de l'Académie française chez qui j'ai eu l'occasion d'être invité à dîner est à peine plus grand que le logis des domestiques de cette maison, dit-il tout en indiquant du menton le fond du jardin, très loin, au-delà des arbres.

Je dus plisser les yeux pour apercevoir le bout d'une toiture en tuile et un porche.

Son émotion apaisée, le directeur m'attira au pied d'un platane situé à une dizaine de mètres de là. Toujours à voix basse, il me dit :

— Allez sonner et demandez à rencontrer ma fille, voulez-vous ?

Je secouai la tête : je ne la connaissais pas et elle était sûrement en plein travail. Le directeur réfléchit quelques secondes, jeta un œil à sa montre et me donna un sac en plastique vert qu'il tenait à la main depuis son arrivée chez moi, me demandant de le confier à sa fille.

— Ma femme m'a dit que c'était périssable. Revenez ici à six heures, vous le mangerez avec elle.

Avant de descendre dans le métro, il me dit :

— Faites-le pour moi, s'il vous plaît. Non que je ne souhaite pas voir ma fille, je l'aime beaucoup, mais tout de même je suis à la tête d'un institut scientifique national et elle n'est qu'employée de maison. J'ai ma fierté, vous comprenez…

De toute notre rencontre, ce fut la première et unique fois où je le sentis sincère.

Je ne revis jamais le directeur, bien qu'il revînt souvent à Paris pour des missions ou pour des traitements médicaux. Je rencontrai sa fille aussitôt après devant l'hôtel particulier pour lui confier le sac en plastique vert. Une jeune fille au visage rond qui ressemblait beaucoup à son père. Son parler aurait aussi pu être identique au sien si elle avait su rouler les *r* comme lui. Elle semblait contrariée d'être dérangée. Elle me posa une foule de questions : comment je savais qu'elle travaillait ici ? Pourquoi son père n'était-il pas venu en personne ? Pourquoi venir durant ses heures de travail ? Et pourquoi ne pas lui avoir envoyé son cadeau par la poste ? Ensuite elle ouvrit le sac et en sortit une boîte en métal contenant une dizaine d'œufs, tous soigneusement emballés dans du papier journal. Elle me les rendit et me dit de rentrer chez moi pour les faire bouillir rapidement : ces œufs couvés auraient fait fondre en larmes les enfants dont elle avait la garde. Elle semblait s'y connaître. J'appris par la suite que ses employeurs montraient une grande gentillesse à son égard : ils l'avaient aidée à prolonger sa carte de résidence et continuaient à lui prêter une petite chambre alors que leurs enfants n'étaient plus en âge d'avoir une nourrice. Son père avait eu également l'occasion de lui témoigner son amour en lui trouvant un poste de secrétaire dans l'antenne d'une entreprise viêt kiêu. Elle, était une fille dévouée à ses parents. Elle leur envoya tout l'argent qu'elle avait pu économiser en France. Sa mère le fit fructifier en faisant construire une villa sur un terrain octroyé à son père par l'État, dans le but de la louer à des étrangers.

D'aucuns racontent que le directeur, absorbé par son travail à l'institut, avait laissé femme et enfants se débrouiller pour nourrir la famille. Mais je crois qu'ils l'ont sous-estimé : c'était lui qui dirigeait tout de A à Z. Il ne venait pas en personne compter les briques, tester le ciment, choisir l'acier, se disputer avec les prestataires, s'expliquer avec les voisins ou demander des faveurs à la police de quartier (tout ce qui était inévitable dans le processus de construction d'une maison individuelle au Viêtnam, il le déléguait à madame). Assis derrière son bureau, il réfléchissait à ses grands desseins : combien d'étages pour la maison ? Quelle superficie pour la façade ?

Fallait-il sacrifier un morceau de salon pour une petite cour destinée à y planter des fleurs et garer la voiture ? Fallait-il opter pour un escalier en colimaçon afin de donner plus de place aux WC ? Fallait-il investir davantage dans les salles de bains, de façon que chaque étage dispose d'une baignoire de qualité et d'un ballon d'eau chaude ?... Il soupesa chaque détail en s'appuyant sur l'expertise en art de vivre des Occidentaux. Des Occidentaux et non pas des Soviétiques. Moscou n'était belle que dans la poésie. Les grues, le brouillard et la fumerolle ne lui étaient d'aucun secours. Le romantisme était un luxe qu'il laissait volontiers à d'autres. Penché sur les plans de sa future maison, il redevenait aussitôt un homme réaliste. Il se tritura les méninges pour se remémorer les aménagements et la décoration des lieux qu'il avait visités lors de ses déplacements pour des congrès scientifiques dans les pays capitalistes. J'ai tout lieu de croire que de toutes les constructions de Hanoi datant de la même époque, sa maison familiale était celle qui ressemblait le plus aux pavillons de banlieue parisienne. Je ne serais pas non plus surprise que sa femme eut trouvé aussitôt le locataire – le responsable d'une ONG luttant contre la faim dans le monde qui aurait trinqué avec eux lors d'un cocktail de 14 Juillet dans le jardin de la résidence de l'ambassadeur, où le directeur fut l'un des rares convives vietnamiens à rire aux plaisanteries *à la française**. En bref, au sein de sa famille, le directeur dirigeait tout, mais de loin. Tout comme ce jour à Paris où il refusa de sonner à la porte de l'hôtel particulier. Si sa fille et sa femme acceptaient de se ridiculiser, c'était leur problème. Mais sa réputation à lui devait demeurer intacte.

Il devait absolument voir plus loin que son poste de directeur d'institut. Pour les communistes vietnamiens, il resterait un député exemplaire de l'Assemblée nationale. Avec les anticommunistes de la diaspora vietnamienne en France, il jouerait au dissident politique. Tout irait bien, à condition de bien manier la plume. Assis à son bureau, il réfléchissait à ses grands desseins : après le projet immobilier vint la rédaction d'articles critiques dans lesquels il ne mentionnait jamais directement le Parti. Un jour, Na me montra l'un d'entre eux, daté de 1989. Je fus déroutée par la foi du directeur dans *Le Capital.* Na ajouta, d'un air pensif :

— À l'époque, pendant que d'autres avaient besoin d'une autorisation pour voyager à l'intérieur du pays, quelques enfants favorisés par le régime ont pu se rendre en Occident.

Comme je restai silencieuse, elle se demanda :

— Comment n'a-t-il pu prévoir la chute du mur de Berlin tout juste quelques mois plus tard et la dissolution de l'URSS deux ans après ?

Au milieu de toutes ces grandes ambitions, mon père n'était qu'une ombre effacée, aux humbles petits calculs tout juste destinés à lui éviter la mort. Je pense que mon père, en ce soir fatidique, avait simplement vu par inadvertance une inconnue dans le bureau du directeur. Sans doute se cacha-t-il quelque part après le départ de tous ses collègues et entendit-il leur conversation. Il lui vint à l'idée que cette situation pourrait se retourner à son avantage. Mais très vite il devina la position qu'occupait cette femme dans la société. Rien de plus redoutable que la vengeance d'une femme de pouvoir. Il trembla de panique et se dépêcha de descendre l'escalier. De loin, il vit M. Mac regardant à travers la fenêtre de sa guérite. La fixité de son regard, qui n'inspirait d'ordinaire à mon père que de la méfiance, le rendit cette fois nerveux. Mon père fit demi-tour et remonta l'escalier. M. Mac, qui avait aperçu sa silhouette, fit aussitôt une ronde dans le bâtiment. Voyant que le bureau du directeur était encore allumé mais n'entendant aucun bruit, il poussa la porte et entra. Le directeur ne sut comment réagir, mais son amie, furieuse, s'en alla. Il la suivit et tomba nez à nez avec mon père. L'air affolé de ce dernier lui rendit immédiatement son pouvoir inhérent. Il le fit entrer dans son bureau, lui demanda gentiment s'il avait tout entendu. Mon père hocha la tête. Il lui demanda ensuite s'il pouvait, en cas de nécessité, témoigner de la nature platonique de ses rapports avec cette femme. Mon père hocha la tête. Le directeur tapota l'épaule de mon père :

— Dès que vous aurez besoin de faire certifier votre état civil, adressez-vous à moi directement.

Je n'ai aucun mal à imaginer le sourire forcé que dut avoir mon père en cet instant.

"Votre père et moi nous sommes rendus quelques services par le passé", m'avait confié le directeur. Il fut sans doute pour quelque chose dans la mutation de mon père à Saigon. Je n'en ai rien dit à P. Je me demande si ce soir-là mon père avait présagé de la fin tragique de M. Mac. Était-ce pour cette raison que le lendemain, après son travail, il n'était pas rentré tout de suite à la maison, pour éviter d'assister à son arrestation ? Il y a en tout cas une chose qu'il savait depuis longtemps : les lettres dénonçant M. Mac avaient été envoyées à la police de quartier par les habitants du HLM. C'était là le centre de sa peur : ce serait peut-être lui qu'on appellerait, afin de l'interroger sur son voisin direct. Et Dieu seul savait de quoi on le menacerait et de quelle manière il devrait se compromettre.

XIV

"Quoi de neuf à Paris ?"* Il me posait cette question dès qu'il m'apercevait. Je pense qu'il la répétait par habitude. Ce n'était pas du flirt. Depuis que je sais l'importance de l'apparence, le temps m'a confirmé que je ne répondais pas aux standards de beauté de la plupart des hommes. Je m'en ouvris un jour à P. Il me dit que si je n'étais pas encore mariée, c'était probablement à cause de mon père, qui ne cesserait d'être mon geôlier qu'au jour de sa mort. Au cours de l'un de ses rares appels téléphoniques annuels, ma mère n'avait rien trouvé de mieux que de me demander pourquoi je tardais tant à me marier : à mon âge, elle nous avait déjà, ma sœur et moi. Je me demande si dans quelques années elle dira qu'à mon âge elle avait déjà abandonné mari et enfants. Le mois dernier, elle se lamentait au téléphone que ma sœur aille bientôt au tribunal : "Je ne sais pas quoi dire aux gens, je ne veux pas qu'on pense que j'ai inculqué le divorce à mes filles."

Ma mère a toujours été un mystère pour moi. Je n'ai jamais pu comprendre sa logique.

Mon père, au contraire, ne prêtait pas attention à ce qu'on pensait de lui. Il n'attendait rien des autres. Son retour au pays fut sa dernière erreur. Quelques mois après avoir foulé le sol de la gare centrale de Hanoi, il comprit qu'il s'était mis lui-même dans un cachot. Mais cela contredisait la réflexion de P selon laquelle mon père serait mon geôlier toute ma vie : un prisonnier pouvait-il en séquestrer un autre ?

Dès mon enfance, j'ai eu le sentiment que mon père voulait nous faire oublier par tous les moyens, à ma sœur et à moi, notre langue maternelle : tant de gens étaient jetés en prison à cause d'elle. Carnets, brouillons, contrôles… chaque fin d'année scolaire, en été, tout était collecté par mon père puis brûlé. Brûlé, et surtout pas revendu au recyclage. Mon père disait : "Vous devez vous habituer à ne jamais garder ou égarer un seul de vos écrits en vietnamien, car tout se retourne un jour contre son auteur." De toutes les matières, il accordait une attention particulière à la littérature, non parce qu'il la révérait, mais parce qu'il la craignait. Il se rendait régulièrement aux réunions de parents d'élèves et soupirait de soulagement lorsque les enseignants lui rapportaient que ses deux filles étaient douées en tout sauf en littérature. Cette matière faisait toujours baisser notre moyenne générale, mais notre père ne nous en fit jamais grief. Dans la bibliothèque familiale ou sur notre pupitre, il n'y avait aucune place pour les œuvres en langue vietnamienne. Pas même pour les contes, ni pour les bandes dessinées. Au baccalauréat, je frôlai la mauvaise note avec mon commentaire de texte sur *Kim Vân Kiêu*[1], ce qui faillit ruiner tout mon cursus scolaire. J'en fus

1. Poème constitué de 3 254 vers, écrit au XIXe siècle par Nguyên Du et considéré comme une œuvre fondamentale de la littérature vietnamienne.

terrifiée mais mon père, lui, prit fort bien la chose. Cette langue sinueuse, qui ne suivait aucune règle, qui donnait libre cours à l'interprétation, aussi dangereuse qu'une bombe à retardement, cette langue, plus ses filles en resteraient éloignées, mieux ce serait.

Mon père ne voulait pas que je m'intéresse au vietnamien. Quelle serait sa frayeur s'il apprenait qu'à Paris, au lieu de me concentrer sur ma thèse en littérature française, je m'étais mise à écrire en vietnamien ? Était-ce de la littérature ? Peut-être. Mais je n'avais pas peur que cela se retourne contre moi.

Personne ne savait que j'écrivais, pas même P.

— *Quoi de neuf à Paris* ?* commença-t-il pour rompre le silence. Au cours de la conversation, je finis par comprendre qu'il connaissait mon père, ou plus exactement, qu'un oncle à lui connaissait mon père. C'était la première fois qu'il évoquait sa famille. Il regarda autour de lui et baissa la voix :

— Mon oncle dit qu'il n'apprécie pas beaucoup votre père, mais entre nous, je dois dire qu'il n'apprécie personne en particulier.

Je haussai les épaules :

— Je n'ai pas besoin qu'on fasse l'éloge de mon père.

— Votre père a tout fait pour vous et votre sœur, continua-t-il. Il vous a offert les meilleurs professeurs de français de Saigon.

Sa voix était pleine de mystère. Je relevai la tête et le regardai. Tout en fixant le verre d'eau en face de moi, il murmura :

— Votre père, dans le passé, a aidé un étudiant médiocre à passer le bac, pour la simple raison qu'il s'agissait du fils d'un haut responsable du régime.

Je sursautai. Je commençais à avoir peur de lui. Il tapotait sur la table, sans quitter mon verre des yeux. Il me fit d'autant plus penser à un enfant. Combien de fois nous étions-nous rencontrés ainsi ? Je ne me souviens pas exactement. Il n'avait plus cet étrange parapluie de soie noire. À la sortie de l'université, à califourchon sur sa Vespa, il m'avait lancé un *"Quoi de neuf à Paris* ?"* en guise de salutation. Il m'avait coiffée d'un casque de moto argenté qui avait tout d'un casque de cosmonaute. À peine fus-je installée qu'il démarra en trombe, manquant de me faire tomber à la renverse, si bien que je dus m'accrocher à ses flancs. Ceux-ci étant un peu flasques, je décidai après mûre réflexion de poser mes mains sur ses épaules.

Nous passâmes par le lac de la Tortue, la rue du Chantier International, la rue Pasteur, la rue Nguyên Dinh Chiêu, traversâmes encore quelques ruelles à l'ombre des arbres avant de découvrir ce petit café. Nous avions pris un contresens – une chance que la police de la circulation ne nous ait pas interpellés. La traversée de Saigon me fit oublier pour un temps l'image de mon père sur son lit d'hôpital. La veille au soir, ma sœur et moi avions dû l'emmener aux urgences. Après des analyses de sang, le médecin nous confia qu'il risquait une asthénie et qu'il ne pourrait pas produire d'anticorps s'il contractait une bactérie. J'étais stupéfaite : le matin même, il m'avait encore appelée pour déverser son flux habituel de questions sur ma thèse et ma directrice de thèse. Ma sœur décida de le faire hospitaliser pour une semaine, bien qu'il insistât pour rentrer chez lui. "Ne t'inquiète pas pour les frais, papa, j'ai des actions dans cet hôpital", lui dit-elle. Mais mon père détestait les dépenses inutiles. Il promit de prendre sagement son lait et ses trois repas par jour à la maison. Ma sœur ne l'écouta pas. Je la suivis jusqu'au guichet. Les chiffres sur la facture me donnèrent le vertige. Elle sembla également un peu surprise, mais se ressaisit aussitôt et sortit sa carte bancaire. Elle demanda à régler en trois fois. La guichetière, hésitante, décrocha son téléphone, semble-t-il pour demander l'accord de son supérieur, puis accepta.

Une heure plus tard, alors que nous nous trouvions dans ce petit café de la rue Trân Cao Vân, en l'observant scruter le plan de la ville, je songeai qu'il devait venir comme moi d'une autre planète. Je réalisai que son visage avait quelque chose de figé, que son accent n'était pas de Saigon : il était un peu traînant, comme celui du Centre. Son vocabulaire avait l'air quelque peu limité. Il n'était probablement jamais allé dans un karaoké, puisqu'il ne semblait connaître que ce sempiternel *"Quoi de neuf à Paris* ?"*. Son sourire forcé lorsqu'il apercevait au loin la police avait quelque chose d'inhabituel. Je ne lui trouvais aucune ressemblance avec les jeunes gens d'ici. Sa façon de conduire comme un débutant, qui avait failli provoquer ma chute, était typique de quelqu'un qui apprend encore à concilier l'accélération, l'embrayage et le changement de vitesse. C'est sans doute pour cette raison qu'il avait choisi une Vespa, un véhicule qui ne nécessite même pas de permis en France. Sa tenue vestimentaire, mis à part celle qu'il portait lors de notre première rencontre, ressemblait à celle de mes collègues masculins. Ajoutez à cela une sacoche en bandoulière identique à celle de mon père et des chaussures similaires à celles du garçon de café. Avait-il emprunté son complet noir du premier jour à quelqu'un d'autre ?

Des idées étranges tournoyaient dans mon esprit. Peut-être osais-je espérer que cet homme assis en face de moi, lorgnant mon verre tout en tapotant sur la table, sorte un peu de l'ordinaire. L'espace d'un instant, j'imaginai qu'il était de la police secrète, qu'on l'avait envoyé pour me surveiller dès mon premier jour à l'université. Puis je renonçai à cette idée, même si je savais que mes compatriotes continuaient de s'espionner les uns les autres, bien que la guerre soit finie depuis longtemps et nos ennemis tous vaincus.

Après avoir versé le jus de coco dans mon verre, il demanda au serveur une petite assiette afin d'y recueillir la chair fraîche de la noix qu'il comptait détacher au moyen de sa cuillère. Des couches de soie blanche et juteuse s'y empilèrent sous mes yeux. Il me tendit le jus et la chair de coco, puis reprit son tapotement.

— Cet homme que votre père a aidé. C'était un chef d'arrondissement.

Il me regarda droit dans les yeux, l'air provocant. Je haussai les épaules. Effectivement, j'avais rencontré le père, puis le fils, en des occasions et des lieux différents.

J'avais d'abord fait la connaissance du père.

C'était quelques années après notre emménagement à Saigon. Un après-midi au retour de l'école, je vis qu'il y avait un invité à la maison. Un homme entre deux âges et de taille moyenne, dont les traits n'avaient rien de distinctif si ce n'est une moustache qui me fit aussitôt penser à Alain Delon. Il parlait le plus bas possible mais la pièce à vivre étant de dimensions modestes, le son de sa voix me parvenait distinctement. Depuis notre pupitre, je l'entendis dire à mon père à l'autre bout de la pièce que son fils allait passer le baccalauréat. "Il lui faut le *diplôme*", avait-il précisé. Mon père attendit un long moment avant de répondre, d'une voix hésitante : "Vous devez bien comprendre que c'est impossible, car tous les professeurs connaissent les difficultés de votre fils à l'école." L'homme hocha la tête : "C'est bien pour cela que je sollicite votre aide." Mon père demeura silencieux. L'homme lâcha alors cette phrase : "Dès que vous aurez besoin de faire certifier votre état civil, adressez-vous à moi directement."

Ce fut probablement le sourire le plus forcé que je vis jamais sur le visage de mon père.

— À l'époque, vous saviez qui il était ?

Machinalement, je hochai la tête :

— Juste après son départ, ma sœur m'a dit qu'il occupait le poste le plus élevé de notre arrondissement.

Il opina du chef. Puis me demanda si j'avais passé une nuit blanche, avant de m'exhorter à boire le jus et à manger la chair de coco :

— N'ayez crainte ! Ce n'est pas très digeste mais ça vous requinquera !

Sa voix était douce. Tout à coup je me demandai s'il y avait un lien entre la santé critique de mon père et notre conversation actuelle. Quoi qu'il en soit, je dus reconnaître qu'il était l'une des rares personnes de mon entourage à s'intéresser au passé. Depuis notre première rencontre, il gambadait déjà un peu moins et il n'avait plus son complet noir.

— Savez-vous comment votre père a aidé le fils en fin de compte ? poursuivit-il, tout en recommençant à tapoter sur la table.

Je secouai la tête. Je n'y avais pas prêté attention et mon père nous l'avait sans doute soigneusement caché. Le jus de coco me donna un coup de fouet. Les fines tranches de chair blanche crissèrent sous ma dent avant de descendre dans ma gorge. Dans le café, nous étions les seuls clients. La serveuse était penchée sur un écran d'ordinateur derrière le bar. Il regarda de nouveau mon verre, mais il avait cessé son tapotement. J'avais l'impression qu'il cherchait à me faire comprendre qu'il était prêt à attendre le temps nécessaire, jusqu'à ce que je sois fin prête à lui ouvrir mon cœur.

Lors de mes premières vacances d'hiver à Paris, j'avais été sollicitée pour accompagner une famille vietnamienne vivant en Europe de l'Est durant leur voyage dans la capitale. Le salaire était honnête et le programme très précis : la tour Eiffel à telle heure, Montmartre à telle autre, Notre-Dame, les Champs-Élysées… La femme se montra amicale avec moi. Je me souviens qu'elle avait un visage rond et le regard sombre, elle était de petite taille et grassouillette, ressemblant à une balle de coton, emmitouflée dans sa pelisse. Le mari, au contraire, avait l'air très sportif, il avait une moustache, et même à table au restaurant, il ne se défaisait jamais de son manteau, ni de son chapeau de feutre et de ses gants de cuir. Très vite, je lui trouvai un air familier. "Tout le monde dit que mon mari ressemble à Alain Delon", avança-t-elle fièrement. Et je partageais cet avis.

Le premier jour, tout s'était bien déroulé. Mais le lendemain, je m'en souviens comme si c'était hier, dans la file d'attente de Notre-Dame, le mari fit un signe de tête à sa femme. Ce jour-là, il était aussi élégant qu'un prince : vêtements de marque des pieds à la tête et moustache soigneusement taillée. "Je vais au bout de la rue acheter des cigarettes", dit-il sèchement. La femme se précipita sur son portefeuille, donna quelques billets neufs à son mari, puis resta immobile à côté de moi et de ses deux enfants. Quand nous arrivâmes au portique de la cathédrale, avant même que je lui pose la question, elle nous fit signe d'entrer sans attendre son mari. "Il va prendre son temps pour fumer." Je les emmenai donc tous les trois à l'intérieur. Mais la visite ne semblait pas intéresser la mère. Après quelques minutes, elle saisit mon bras : "Pourrait-on sortir ?" J'opinai du chef et les emmenai dans un café tout proche, dont la décoration imitation baroque me força à garder les yeux rivés sur ma gigantesque coupe de glace aux fruits. Elle ne toucha pas à ce que lui avait apporté le serveur. Elle ne faisait que regarder sa montre par intermittence. J'appelai un taxi quand les enfants demandèrent à rentrer à l'hôtel pour dormir. Au moment de nous quitter, juste après avoir couché les enfants dans la chambre, elle m'apprit que le père de son mari était autrefois le chef d'un grand arrondissement de Saigon. "Vous le connaissez peut-être, vous qui y avez vécu." Pas possible ! pensai-je en essayant de me remémorer le visage de son mari, mais je ne voyais de lui que ses moustaches façon Alain Delon.

Le troisième et dernier jour de leur séjour à Paris, elle m'appela tôt le matin : ils sortiraient plus tard car les enfants voulaient faire la grasse matinée. Je lui dis que je ne pourrais pas rester avec eux jusqu'au soir. Elle me répondit que ce n'était pas grave. Sa voix était quelque peu enrouée, comme si elle avait attrapé un rhume. Quoi de plus normal, pensai-je, par un hiver aussi rigoureux. En début d'après-midi, je me rendis à leur hôtel. Les enfants étaient dans le hall, bien emmitouflés. Ce n'étaient pas eux mais leur père qui voulait faire la grasse matinée. L'un d'eux monta prévenir sa mère de mon arrivée et celle-ci descendit. L'épaisse couche de fard ne pouvait dissimuler les bleus sur ses joues.

Il finit par apparaître lui aussi. Nous le suivîmes, non pas sur les lieux prévus au programme, mais dans un restaurant asiatique de la rue d'à côté. Les enfants protestèrent car ils s'étaient déjà repus de pain, de pâté et d'œufs durs au restaurant de l'hôtel et désiraient seulement faire un tour de manège à Montmartre. Il les molesta et les gronda, les qualifiant de boulets. Sa femme lui demanda, comme si de rien n'était, avec un air sombre et résigné qui me fit détourner le regard : "Tu voudras un *pho,* chéri ? Je vais leur dire d'y ajouter un œuf poché." Puis se tournant vers moi : "Que prends-tu ? Je commande pour toi." Puis, se retournant vers son mari : "Tu sais qu'elle vient de Saigon, peut-être a-t-elle vécu dans l'arrondissement de ton père ?" Il tapota son front et me demanda si je connaissais une étudiante, dont il avait oublié le nom, mais qui faisait actuellement ses études à Paris et dont le père était un Viêt kiêu rapatrié, un pro du bachotage. Sa sœur aînée avait épousé le fils d'un haut responsable du bureau politique. Pendant qu'il parlait, je restais paralysée. Je lui dis que je connaissais effectivement un peu cette étudiante : "J'ai cru entendre qu'il y a eu autrefois un problème sur le dossier de sa famille ? – C'est ça ! répondit-il, tous les Viêt kiêu rapatriés étaient sur liste noire." J'acquiesçai. Il était le portrait craché de son père, jusque dans la voix, la voix d'une personne de pouvoir, même si ce n'était qu'un pouvoir exercé sur sa femme et ses enfants. Il prit une cuillérée de *pho* qu'il s'empressa de recracher par terre, avançant qu'il avait un arrière-goût. Tandis que sa femme paniquée commandait pour lui un autre bol avec un œuf mieux cuit, il me confia : "Mon père a beaucoup aidé ce monsieur, parce que c'est grâce à lui que j'ai obtenu mon baccalauréat. Imaginez : à l'époque il fallait avoir le bac pour être envoyé comme main-d'œuvre à l'étranger." Je l'écoutais tout en opinant du chef. Il continua de s'épancher : "À l'époque, quand on voulait frauder, on était prudent : mes vieux avaient fait planquer les réponses pour moi dans les toilettes du bahut. Mais aujourd'hui, j'vais vous dire ! pour dix millions de dongs, le diplôme, il est livré à domicile."

Nos verres et nos assiettes étaient désormais vides. J'avais mis dans mon ventre tout ce qui provenait de cette noix de coco. Mon esprit était confus. J'essayai de me souvenir de l'état de ma relation avec P lors de ma rencontre avec cette famille. Étions-nous alors en pleine dispute ? Était-il en mission ? Étais-je submergée de devoirs ? Je ne me souvins de rien si ce n'est que je ne lui avais jamais raconté cet épisode.

Continuant de tapoter sur la table au rythme d'une mélodie imaginaire, il semblait toujours dans l'attente de me voir ouvrir la bouche. Le café commençait à se remplir. Je sentais le parfum des plats qui défilaient dans les mains des serveurs. Soudain, je voulus me rendre à l'hôpital pour voir mon père. Je n'avais jamais rien dit à P à propos du chef d'arrondissement et de son fils. P avait soupçonné mon père d'avoir collaboré avec les autorités. Et je m'en étais formalisée.

— Vous êtes toujours fatiguée ? Vous êtes un peu pâlotte !

J'acquiesçai. Je voulais quitter cet endroit.

— Je suis vraiment stupide : j'oubliais que le jus de coco peut provoquer des baisses de tension quand on a le ventre vide.

Il semblait gêné car il devait parler fort pour couvrir le bruit environnant. Puis il s'offusqua à cause d'un couple qui restait planté à côté de nous, dans l'attente que nous libérions la table.

— Vous seriez aimables de ne pas écouter les conversations d'autrui !

Le couple non seulement ne s'éloigna pas, mais haussa les épaules en échangeant un regard dubitatif. Il réitéra sa demande, sans effet. Je ne parvenais toujours pas à savoir à qui son vietnamien me faisait penser. En me recoiffant du casque d'astronaute argenté, il me dit qu'il avait vu du carpaccio de chair de coco au menu du café. Il savait que j'aimais les salades et la noix de coco. Pour lui aussi, c'étaient les meilleurs plats de Saigon.

À l'hôpital franco-vietnamien, on m'apprit que mon père était parti de son propre chef. Ils n'avaient jamais vu cela. Ils me donnèrent une copie des notes manuscrites du médecin qui l'avait pris en charge : *Situation d'urgence : pouls rapide, tension élevée, transpiration excessive. Diagnostic : asthénie. Indications : une semaine d'hospitalisation. Jour 1 :*

transfusion de protéines, 1 Olanzapine le matin, 1 Escitalopram le soir...

En début d'après-midi, mon père s'était levé et avait demandé à se promener au jardin. Les infirmières me rapportèrent qu'il avait été "très malin" : il avait emporté ses affaires en cachette pour se changer dans les toilettes du couloir et s'était dirigé vers la sortie, où il avait pris un mototaxi. Le personnel ne s'en était aperçu qu'une demi-heure plus tard et en avait informé la famille. Je me hâtai de prendre mon téléphone pour prévenir ma sœur lorsque je reçus un message de celle-ci : elle avait pu contacter notre père, il allait bien et demandait que personne ne le dérange.

Lui, à mes côtés, avait tout entendu. Il voulut me raccompagner. Il n'avait pas osé me demander quoi que ce soit sur le trajet jusqu'à l'hôpital. Il savait à quel point ce genre de situation peut être angoissant et il s'excusa d'avoir parlé de mon père comme il l'avait fait.

— Je suis d'une maladresse avec les femmes !

Cette déclaration était surprenante. Cependant, je ne la commentai pas. Une grosse averse s'était abattue sur la ville pendant que nous nous trouvions à l'hôpital. Sur l'avenue, l'eau était rapidement montée, atteignant les seuils des habitations, et les riverains avaient commencé à rabattre leurs rideaux métalliques. Les deux-roues mais aussi les voitures, submergés par l'eau, tombaient en panne ou avançaient comme des escargots. Les piétons, qui avaient revêtu leurs imperméables, pataugeaient. La plupart étaient des vendeurs ambulants aux visages basanés par le soleil, coltinant des marchandises protégées par des bâches en plastique laissant entrevoir des fruits ou de la nourriture, parfois même des poêles à frire encore fumantes. Découragé, il fit un détour. Même scène d'embouteillage. Il essaya de continuer mais une dizaine de mètres plus loin, il dut faire encore un détour, puis encore un autre. Lorsque nous arrivâmes enfin au centre-ville, il était dix-huit heures passées. L'eau boueuse ruisselait sous la lumière des réverbères. Il arrêta sa Vespa près du portail de ma résidence. Je descendis de moto. Je voulus le remercier avant de rentrer lorsqu'il me dit, d'une voix un peu hésitante :

— Voulez-vous bien m'offrir un verre de thé chaud ?

Son air réservé me toucha. En passant devant la réception, j'eus la sensation que les deux réceptionnistes du Green Paradise, l'ayant reconnu, se regardèrent en réprimant un fou rire. J'allais lui demander d'avance de m'excuser pour le désordre dans mon appartement, mais je pressai finalement le bouton de l'ascenseur en silence. Après mon père et ma sœur, il serait la première personne à entrer chez moi. Il me suivit dans le couloir. Les voisins nous observèrent. Une employée de maison, que je voyais souvent vêtue d'un pyjama courir après un petit garçon un bol de riz à la main, s'arrêta pour le regarder fixement. Une lueur de déception apparut dans ses yeux au maquillage fraîchement tatoué.

Je l'invitai à s'asseoir sur l'un des deux fauteuils du salon. Avant d'aller faire bouillir de l'eau à la cuisine, je l'avertis que je serais occupée d'ici trente minutes. Il acquiesça. Il prit un air coupable. Depuis l'instant où il m'avait demandé de monter pour boire un thé, il était resté silencieux. Je percevais une inquiétude qui exsudait de tout son corps. Blotti dans le grand fauteuil, il regardait vaguement vers le balcon, ses doigts blancs et fripés par la pluie posés sur ses genoux. N'avais-je pas un peu exagéré ? Je n'étais pas vraiment occupée, j'avais préparé tous mes cours pour mes quatre premières semaines et jusqu'à présent le programme n'était pas encore bouclé. Je n'avais pas non plus de copies à corriger pour le lendemain. Une longue soirée m'attendait pour penser à Paris et à P. Dans l'immeuble en face, seuls quelques appartements étaient éclairés. Selon ma sœur, les propriétaires avaient acheté pour investir. D'après ses conversations lors des dîners d'affaires auxquels je l'avais parfois accompagnée, j'avais compris que la spéculation immobilière était l'occupation la plus lucrative dans la société vietnamienne actuelle.

Les deux verres de Lipton étaient posés sur la table. Des volutes de vapeur dansaient sous la lumière jaune des spots halogènes. L'atmosphère paraissait un peu plus intime. Tout de suite après mon retour, ma sœur avait engagé quelqu'un pour me dénicher toutes sortes d'équipements ménagers, comme une machine à cappuccino, dont je n'aurais probablement jamais l'usage. Avant cela, mon père avait fait installer des équipements tout confort. C'était la première fois de ma vie que je voyais des toilettes munies d'une douchette et j'avais regardé mon père avec stupéfaction. Il m'avait expliqué le visage cramoisi qu'il avait simplement payé une entreprise d'aménagement intérieur, et qu'il avait accepté toutes leurs propositions. Tout était si chic et moderne que je ne me sentais pas à ma place. C'est sans doute pour cela que depuis mon retour ma valise était restée intacte dans un coin de ma chambre, avec mes vêtements et quelques romans que j'avais remis dedans après les avoir lus. Parfois le matin en me réveillant, je regrettais mon appartement parisien désuet, avec son parquet grinçant et ses petits coins secrets. Le vasistas avec vue sur le ciel. Le minuscule oranger placé juste en dessous, offert par P pour mon anniversaire, cet étrange oranger qui ne vivait que d'air et d'eau de source et qui fleurissait toute l'année. Peu avant mon départ, Na me suggéra, plutôt que de rendre mon appartement, de lui en confier la sous-location et de rentrer tranquillement chez moi. Parfois, lorsque je repense à cette phrase, je ne suis jamais très sûre de savoir où cela se trouve, "chez moi" : à Saigon ou à Paris ?

Une bonne odeur provenant de chez les voisins parvint jusqu'à mon balcon. C'était l'heure du dîner. Dans mon réfrigérateur, je n'avais rien de décent à lui proposer. La cuisine n'a jamais fait partie de mes priorités. J'avais vécu seule durant dix ans sans un seul repas digne de ce nom. Je ne l'ai jamais caché à P, mais je me demande si je ne l'ai pas déçu en n'ayant jamais allumé ma gazinière. Un jour, je lui ai fait goûter mes nouilles instantanées. En en prenant une bouchée, il dit qu'il comprenait pourquoi ma mère s'inquiétait de me voir toujours célibataire. Bien qu'il ait dit cela en riant, je n'ai pas eu l'impression qu'il plaisantait. P est un fin gastronome. Il sait distinguer les plats chinois des plats vietnamiens.

Après avoir fini son verre de Lipton, il regarda sa montre et se leva. À son expression, je devinai qu'il voulait me dire quelque chose. Mais peut-être m'étais-je trompée. Ou peut-être avait-il changé d'avis. Courbant la tête et joignant les mains devant son ventre, il dit :

— Si vous le permettez, je vais me retirer.

Une musique de karaoké résonnait dans un appartement voisin.

XV

La question “Comment être meilleur que le voisin ?” reste encore aujourd’hui le moteur du développement de la société vietnamienne et fait la joie ou la tristesse de chacun de ses concitoyens.

Depuis que je suis adulte, je suis frappée de voir que dans ma famille, c’est ma mère, et non mon père ou ma sœur, qui a répondu à cette question par son attitude vis-à-vis de nos anciens voisins du HLM de Hanoi, avec qui nous n’avons plus de liens depuis des décennies.

Elle n’y est pas revenue pour une simple visite de courtoisie : elle s’y est carrément réinstallée.

Avant le mariage, en étant présenté à ma mère, mon futur beau-frère manifesta son intention de la reloger dans un endroit décent. Ma mère à cette époque avait déjà divorcé pour la seconde fois et était hébergée avec mes demi-sœurs dans un ancien entrepôt de l’entreprise qui l’employait. Bien sûr, ma mère fut folle de joie en entendant la proposition de son futur gendre. Surpris lorsqu’elle déclara vouloir un logement dans notre ancien HLM, malgré son état déplorable, mon beau-frère lui trouva un logement en quelques jours, situé dans le couloir même où nous habitions à l’époque. D’après ma sœur, il avait été initialement attribué à un cadre retraité du Parti qui mourut avant d'y emménager, et ses enfants habitant en province ignoraient tout de la procédure administrative pour le récupérer.

Ainsi, douze ans après son départ, ma mère revint vivre auprès de nos anciens voisins et se lança à la reconquête de leur sympathie. Dès son entrée dans son nouveau logement, elle fit agrandir et accrocher au mur une photo du mariage de ma sœur, celle-là même que j'avais vue dans le salon de cette dernière : ma sœur et son mari en costumes de mariés au centre, nos parents à gauche, les beaux-parents à droite. Six paires d'yeux regardant vers l'avenir. Cette photo donnait beaucoup de crédit à ma mère. Tout d'abord, elle attestait qu'elle était en bons termes avec sa fille ; ensuite elle témoignait de rapports harmonieux entre elle et notre père, son ex-mari ; enfin – et c'était sans doute le plus important –, elle signifiait son égalité avec la famille d'un haut responsable du régime. N'avait-il pas suffi qu'elle exprime son souhait pour que son gendre lui trouve ce logement en quelques coups de fil, dans *ce* HLM ? Eh bien dorénavant, elle n'aurait qu'à demander. Toutes les nuits, allongée sur son lit après une dure journée de labeur pour élever ses deux filles qui étaient encore en bas âge, elle réfléchissait à ce qu'elle pourrait bien demander encore à son adorable gendre. Elle remercia secrètement Bouddha pour son aide et sa protection, et le destin de lui sourire enfin.

Je n'aurais jamais cru avoir un jour l'honneur de devenir l'un des sujets de conversation favoris de ma mère auprès des membres de la famille et de ses connaissances, et particulièrement de nos voisins. Elle les arrêtait au passage pour se vanter de sa fille cadette qui faisait des études en France. Ces paroles, inhabituelles dans sa bouche, résonnaient dans le couloir lépreux qui fut autrefois le lieu de mes terreurs durant les nuits de coupure électrique, lorsque les voisins se racontaient des histoires de fantômes pour oublier leurs malheurs. Je ne sais comment ces histoires ont pu atterrir dans mes oreilles, moi qui restais toujours assise dans un coin de notre logement. Ma mère demanda à mon père (par l'intermédiaire de ma sœur) des photos de moi prises à Paris. Elle ne les fit pas agrandir mais les compila dans un album, notant scrupuleusement en légende de chaque cliché mon nom, la date et le lieu. Je n'ai jamais su comment ma mère avait eu connaissance de ces détails que je ne révélais pas dans mes lettres. Le jour où je lui posai la question, elle se contenta de rire et changea de sujet. Ma mère était assurément différente de mon père en tout point, mais étrangement, tous les deux avaient en commun ce même sourire forcé, comme si en presque dix ans de vie commune, mon père l'avait transmis à ma mère par contagion.

Ma mère n'est jamais parvenue à reconquérir la sympathie de nos anciens voisins malgré tous ses efforts. Elle pouvait raconter n'importe quoi pour se faire valoir, et eux envoyaient leurs indics un peu partout pour vérifier ses dires. Je ne suis pas certaine que les renseignements qu'ils recueillirent étaient exacts, mais ils étaient en tout cas d'une grande richesse, tout à fait dans l'esprit du proverbe, *les mauvaises nouvelles ont des ailes* : tandis que j'apprenais bien des choses concernant ma sœur par mes collègues, ma mère, elle, les apprenait par nos voisins. Bien que ma mère se trouvât à Hanoi et moi à Saigon, je pense que nous apprîmes le même jour la grande nouvelle : afin de reconnaître publiquement sa seconde femme et ses enfants illégitimes, mon beau-frère contraignait ma sœur à divorcer dans les trois mois.

Remporter le cœur de voisins hanoïens n'est jamais chose facile. L'exemple de ma mère n'en est qu'une modeste illustration.

Lorsque j'en avais parlé à P, il m'avait dit que les Français avaient connu cela durant l'occupation allemande. La terreur et la jalousie incitaient à la calomnie et aux délations anonymes. Les générations de ses parents et de ses grands-parents l'avaient vécu. Et combien de tragédies à cause de tout cela ? D'après ses amis d'origine chinoise, au sein de chaque ambassade de Chine se trouvait un département réservé à la surveillance de leurs expatriés.

Un étudiant vietnamien nous avait raconté à Na et à moi comment ses parents au pays avaient reçu un beau jour la visite de la police de quartier. Motif : leur fils en France publiait sur son blog des billets sur des affaires sensibles concernant l'intérieur du pays. Ses parents en furent surpris et affolés, ce qui était compréhensible, mais lui-même fut terrifié par le pouvoir de la surveillance à distance des autorités, car il avait écrit sous pseudo et n'avait jamais révélé à qui que ce soit être l'auteur de ce blog. Après un savon de la part de ses parents, il fit toutes les vérifications : personne n'avait infiltré son ordinateur ni piraté son blog. Finalement, on l'informa que son colocataire avait envoyé un rapport sur lui au service spécial de l'ambassade. Je n'ai jamais revu cet étudiant. J'ai entendu dire que ses parents, fous d'inquiétude, lui avaient coupé les vivres. Son blog fut bien sûr clôturé. D'après Na, le colocataire avait agi sans aucune forme de rétribution de la part de l'ambassade.

"Il a collaboré de son plein gré, tu te rends compte ?" insista-t-elle. De son plein gré… voilà qui était effrayant. Sans l'aide financière de sa famille, l'étudiant fut contraint de rentrer au pays. Il aura probablement poursuivi ses études dans une université de Hanoi. Il décrocherait un diplôme, trouverait du travail, se marierait, aurait des enfants et finirait par se comporter avec eux comme ses parents l'avaient fait avec lui. Et cela sans même que la police de quartier n'ait à se déplacer pour lui en faire la demande.

Je n'en ai rien dit à P. Il m'aurait soutenu que le Viêtnam était une copie conforme de la Chine.

XVI

— Il a demandé si vous travailliez bien ici. Il m'a tendu un bout de papier avec votre nom écrit dessus. J'ai fait oui. Puis il a demandé si vous étiez en cours à cette heure-là. J'ai fait non. Je comprends le français, mais je ne sais plus le parler, c'est trop lointain, ça remonte à mon enfance. Je lui ai fait comprendre avec des gestes que vous alliez bientôt arriver et de vous attendre un peu. Il a dit qu'il n'avait qu'une demi-heure, il avait un avion à prendre pour l'Indonésie. Il est seulement en escale à Saigon. Je lui ai donné de quoi écrire pour qu'il vous laisse son nom, mais il a dit que ce n'était pas nécessaire…

Le concierge me retenait au portail de l'université tout en me répétant à quel point il était désolé. Je regardai son visage ridé comme une pomme flétrie. Je comprenais à la fois tout et rien. Je tournai les talons et commençai à courir. Je courus vers le carrefour. Très vite. Je sentais un courant d'air chaud dans mes oreilles. Derrière moi, le concierge criait : "Je pense que vous devriez tourner à droite, au coin de la rue, là où l'on attend les taxis." Je suivis son conseil. Mais là, personne n'attendait quoi que ce soit. Je demandai à la vendeuse de la gargote de jus de canne à sucre si elle avait vu passer un homme d'origine occidentale. Elle secoua la tête et je repris ma course. Mon cœur semblait vouloir sortir de ma poitrine. J'avais l'estomac noué. Je parcourus la rue dans tous les sens. Puis mon instinct me dit de tourner dans une petite rue sur le côté. C'était une ruelle parallèle à celle de mon université, un peu plus étroite mais avec un buisson de roseaux blancs, à hauteur d'homme. Je vis au loin la silhouette élancée de P. Les gouttes de sueur se mêlèrent à mes larmes quand il se retourna et que je vis sa chevelure blanche. Il semblait avoir vieilli de dix ans. Nous nous regardâmes, immobiles. Le soleil projetait sur la scène ses rayons les plus intenses de la journée. Des deux côtés de la rue, les maisons avaient leurs fenêtres fermées et leurs stores baissés. Les roseaux étaient mornes comme des enfants à qui on n'a pas apporté de cadeau. Leurs feuilles pointues vert foncé ployaient.

P m'enlaça et me demanda si j'allais bien et comment j'avais fait pour le trouver ici. Je ne lui répondis pas. Les larmes inondaient mes paupières, coulaient sur mes joues et mes lèvres. Incapable de les sécher, je les avalai. Elles m'empêchaient de lui dire quoi que ce soit. Je le regardais sans sourciller. J'avais le nez bouché. La bouche sèche. Comme si j'étais muette, je fis signe à P de me suivre : mon appartement n'était qu'à une centaine de mètres. Il secoua la tête. Ses cheveux blancs à la lumière du soleil ressemblaient à des filaments de nylon. Son teint était hâlé. Les rides de son visage étaient plus marquées. Ses yeux étaient décolorés. Il était comme le film en négatif de lui-même lors de notre dernière rencontre au parc aux roseaux. À son tour, il devint muet. Il indiqua sa montre à son poignet, me signifiant qu'il était pressé. Puis soudain, il me prit par le bras et me ramena en courant vers le carrefour, sur la droite, là où l'on attend les taxis. Nous courûmes ensemble. Moi devant. Lui derrière. À pas pressés. Nous soulevions d'épais nuages de poussière. Je perdis une de mes sandales. P se pencha pour la ramasser. Sans me laisser le temps de la remettre, il m'entraîna de nouveau. Je sentis qu'il me soulevait au-dessus du sol. Comme il le faisait parfois à Paris. Et mes bras s'enroulèrent autour de son cou, comme par réflexe. Un taxi vert s'achemina juste à temps vers nous.

— Comment tu vas ? répéta P.

Sa main palpait doucement la mienne. La climatisation du taxi nous ramena au climat parisien et je retrouvai l'odeur de son corps, cette odeur que je n'avais plus sentie depuis longtemps et qui peut-être serait sortie de ma mémoire si nous ne nous étions pas revus aujourd'hui. Mais je n'arrivais toujours pas à retrouver ma voix. Les mots se cachaient obstinément quelque part. Je posai ma tête sur son épaule. Je frottai mes cheveux contre sa joue. Je lui caressai doucement le menton. J'entendis sa voix murmurer et m'appeler "ma petite sorcière". Comme si j'étais muette, je regardai ses lèvres et mes lèvres remuèrent en suivant les siennes. La sueur sur son front avait séché. Ses rides s'étaient atténuées. Seuls ses cheveux blancs étaient encore là. Ils étaient bien réels. On ne pouvait le nier. Un sentiment étrange me serra la gorge. Celui de l'impossibilité de retrouver le temps perdu. Pour la première fois de ma vie, je connus ce sentiment.

— À Roissy j'ai appris que mon vol était annulé, pour raison technique. Si je voulais continuer avec Air France, je devais attendre le lendemain. Mais je ne pouvais pas, la réunion ne pouvait se faire sans moi. Ils m'ont dit de prendre Vietnam Airlines, que c'était une bonne compagnie, seulement je devais changer d'appareil à Saigon avec une escale de presque quatre heures. J'ai donné mon accord. Juste avant le décollage, j'ai eu le temps d'aller sur internet. Ton nom apparaissait dans la liste des enseignants d'une université privée. *Professeur de français**. Il n'y avait pas de photo, mais j'ai pensé que c'était toi, dit P d'une traite, avec hâte, comme si nous étions encore en train de courir.

Je sentis le martèlement de son cœur. Je regardai ses lèvres remuer et mes lèvres remuèrent en suivant les siennes. Ses paroles entrèrent dans ma bouche. Sur le coup, je ne les compris pas. Mais après, elles résonnèrent à l'intérieur. J'entendis leur écho. Comme les appels au secours d'un alpiniste tombé dans une crevasse. Les échos se répercutaient sur les parois de mon corps. À l'intérieur. Ou peut-être venaient-ils de mes rêves, ces rêves où P me regarde toujours en silence, avec ses yeux obscurs. Comme si nous étions dans deux mondes différents et que nous pouvions nous voir sans pouvoir nous approcher. Comme si une épaisse couche de verre nous séparait, transparente mais parfaitement insonorisée. Dans un de ces rêves, P est à bord d'un train, un train très étrange, qui avance sans locomotive ni conducteur, et je cours derrière en criant son nom, tout comme aujourd'hui j'ai couru dans la ruelle, avec ce courant d'air chaud qui soufflait dans mes oreilles, avec le sentiment que mon cœur bondissait hors de ma poitrine.

— J'ai cru que je n'aurais pas le temps de te voir. Sur Mappy ça indiquait huit kilomètres, vingt minutes en voiture. Finalement le taxi a mis presque une heure de plus pour arriver devant ton université. Il ne me restait que trente minutes pour t'attendre. Le concierge m'a tenu compagnie dans mon impatience. Un vieux monsieur adorable. Il m'a fait comprendre que son français s'était tari avec le temps, mais que je n'avais pas besoin de lui parler en anglais, qu'il comprenait toujours bien le français, juste qu'il ne pouvait plus le parler. Ce vieil homme malicieux a fait toutes sortes de pitreries pour me retenir et me faire rire. À un moment, j'ai cru qu'il allait me dire *"Elle arrive** ". Ou quelque chose dans le genre.

P parlait sans s'arrêter. Comme pour rattraper tout le temps qui avait passé, tout ce temps sans une lettre, sans un appel, sans un message. Sans rien. Et tout à coup, nous nous retrouvions ici, à la dernière minute, lorsque nous avions perdu tout espoir. J'avalais ses mots. L'un après l'autre. Comme lorsque j'ai avalé ses larmes, un jour à Paris. Je lui avais dit qu'elles resteraient en moi, comme une partie de mon corps, qu'elles resteraient toujours en moi. P parlait sans s'arrêter. Mes lèvres remuaient en suivant les siennes.

Le chauffeur du taxi nous observait dans son rétroviseur. Il devait bel et bien me croire muette. Il avait sans doute entendu parler de ces histoires d'amour bizarres, dans lesquelles des hommes occidentaux brillants, sans aucune maladie psychique, déclaraient vouloir épouser une femme vietnamienne. Et qui épousaient-ils ? Des femmes sans aucune beauté, basanées, disgracieuses, plus âgées qu'eux, et la plupart avec un ou deux ex-maris et plusieurs enfants à elles. Récemment, on s'était ému de l'histoire de ce jeune Américain qui avait décidé d'abandonner sa vie bien rangée pour aller vivre dans un endroit près de Gia

Lai, une contrée perdue au milieu de nulle part, où aucun Vietnamien ne voudrait jamais habiter, parce qu'il aimait une jeune fille de la région, qui elle ne voulait absolument pas s'établir ailleurs. Si l'histoire s'était arrêtée là, pas de quoi en faire un plat. Sauf que la jeune fille était handicapée de naissance et ne pouvait se déplacer qu'en fauteuil roulant. Une jeune fille très maigre, au visage décharné. Tous ceux qui connaissaient cette histoire avouaient ne pas comprendre le choix du jeune homme occidental. Ils devaient tous les deux avoir fait quelque chose de terrible dans leur vie antérieure pour en payer ainsi le prix dans leur vie actuelle. Tout le monde avait pitié d'eux.

Le chauffeur me regardait depuis l'instant où P m'avait portée dans le taxi. Depuis les vingt dernières minutes, il me voyait seulement hocher ou secouer la tête et ouvrir par moments la bouche, sans prononcer un seul mot. Cela lui avait peut-être rappelé toutes ces histoires étranges. Il se sentit obligé de réconforter son malheureux client occidental, marié à une femme muette, sourde-muette qui plus est, le comble de la guigne dans une vie d'homme. Et la musique fut la première solution à laquelle il songea. Nous sursautâmes brusquement lorsqu'un rythme trépident vint rompre l'atmosphère empreinte du simple murmure de la climatisation. Deux voix enjouées, masculine et féminine, s'élevèrent. Une chanson comique à la mode, qui contait les amourettes d'un jeune tailleur avec sa voisine. Le chauffeur, aux anges, se balançait sur son siège avec enthousiasme tout en augmentant le volume. Les trompettes, les tambours et toutes sortes de percussions s'entremêlaient bruyamment. P prit ma main et dit en murmurant à mon oreille :

— Ma petite sorcière, as-tu un sortilège pour faire taire le chauffeur ?

Je pouffai de rire. Depuis le début de nos retrouvailles, c'était la première fois que P prenait un ton sarcastique. Sa vie devait être bien morose ces derniers temps, sans m'avoir à ses côtés pour me taquiner. Je me sentis ragaillardie. Comme par magie, ma bouche s'ouvrit et de ma gorge, une autre voix que la mienne lança cette phrase, dans un anglais parfait, appuyant sur chaque mot :

— *Turn off your music, please !*

Au réveil, je pleurai toutes les larmes de mon corps en me souvenant de ce rêve.

XVII

Du temps où nous étions encore voisines, Lena me confia qu'avant la Perestroïka, se marier avec un capitaliste nécessitait un accord du plus bas au plus haut niveau du gouvernement, et si par malheur l'un des futurs époux éveillait les soupçons du KGB, la demande était aussitôt rejetée. Elle-même avait connu de telles complications pour son mariage avec André, malgré la venue récente de celui-ci en tant que professeur invité à l'université de Moscou. Or, tous les journaux russes aujourd'hui contiennent des petites annonces pour trouver un mari occidental. La mère de Lena lui téléphonait sans arrêt pour lui demander de jouer les entremetteuses pour ses cousines en âge de se marier : "Le plus important c'est la fiche de paye, peu importent l'âge et l'apparence."

Je me souviens d'une anecdote que j'avais lue dans les journaux : une femme très pauvre de la province de Biên Hoà avait connu la célébrité après qu'un vétéran américain eut posté des photos d'elle sur internet dans le but de la retrouver. Presque un demi-siècle auparavant, ils avaient vécu ensemble leur première histoire d'amour, alors qu'il était soldat au Sud-Viêtnam et qu'elle travaillait dans un bar situé non loin de la garnison. Leur mariage n'avait pu se faire. L'objection ne venait pas des parents de la jeune femme mais des chefs du jeune Américain. Aujourd'hui, ils recevaient les félicitations de leurs amis, de leurs voisins et des internautes. Personne ne leur avait demandé ce qu'ils avaient enduré après leur rupture forcée ni pour quelle raison ils étaient restés célibataires depuis.

"Toi et Lena, me dit un jour P, vous êtes d'incorrigibles romantiques. L'amour est la première victime et le plus grand perdant de la guerre. Il est aveugle par nature. Depuis toujours, dans tous les conflits, les espions sont des atouts majeurs et les bons espions ont la réputation d'être d'incroyables amants. Un amour entre deux personnes de camps opposés éveille forcément les soupçons : qui peut savoir ce que ça cache ?" Il n'a rien ajouté. J'ai toujours pensé que pour P, l'amour entre un homme occidental et une femme issue d'un pays pauvre était entouré de points d'interrogation. Ainsi, notre relation ne pouvait se concrétiser qu'à la condition qu'il y ait entre nous une égalité absolue, sans la moindre disparité.

Un jour, nous eûmes un accident de voiture avec Na. Elle était au volant et j'étais à la place du mort, lorsqu'un motard nous dépassa pour tourner sur la droite, avant de tomber de moto et de se retrouver sous notre voiture. Na, prise de panique, n'eut pas le réflexe de freiner. La voiture continuant sa course, elle n'eut pas d'autre solution que d'aller heurter le trottoir. Aucune d'entre nous ne fut blessée mais je dus l'aider à sortir du véhicule car elle s'était presque évanouie sur le volant. Complètement blême, elle balbutiait : "Où est-il ? Est-ce qu'il est blessé ? Est-ce que j'ai tué quelqu'un ?" La police et l'ambulance arrivèrent rapidement. La victime fut transportée à l'hôpital le plus proche. Nous fûmes emmenées au commissariat du 15e arrondissement. Après nous avoir informées que nous étions en garde à vue pour vingt-quatre heures le temps de l'enquête, on nous confisqua nos téléphones et nos sacs à main avant de nous envoyer chacune dans une salle d'interrogatoire.

Je n'aurais jamais imaginé être un jour traitée à Paris comme une criminelle. Mon père m'y avait envoyée pour mes études, ma sœur payait mon loyer qui représentait une somme colossale par rapport au revenu moyen vietnamien et je me retrouvai assise dans cette pièce, bouleversée par un accident qui nous était tombé dessus comme le ciel sur la tête. Les murs étaient couleur de plomb. Les fenêtres hermétiquement closes. Une lampe halogène était pointée sur mon visage. En face de moi, de l'autre côté de la table métallique, un agent de police au visage allongé, chauve, le regard impassible. Sur la table, il y avait une feuille A4 : à côté de mon nom et de celui de Na, j'ai entrevu les mots "Délit de fuite". Je ne comprenais rien. Ils avaient dû me confondre avec quelqu'un d'autre, une autre femme asiatique mêlée à un autre accident de la route, il y a tant de femmes aux cheveux noirs et aux yeux noirs dans cette ville. Le policier me regarda avec un rictus qui semblait signifier : "Ne rêvez pas." Une photo en grand format nous représentant Na et moi assises dans la voiture, qu'ils avaient eue je ne sais comment, fut jetée sur la table dans ma direction. Nos visages étaient glacés par la peur.

— Nous avons des preuves suffisantes pour vous inculper de délit de fuite après avoir causé un accident de la circulation, la caméra a enregistré des images de votre véhicule continuant sa course sur une quarantaine de mètres tout en entraînant la victime, nous allons vous montrer la scène où des piétons vous ont interpellées en courant après vous, l'un d'eux ayant même pu s'approcher de votre vitre pour vous faire signe de vous arrêter, dit-il d'une traite et d'un ton énergique, comme si intimider les suspects était autant sa spécialité que son plus grand plaisir. Pourquoi n'avez-vous pas coupé le contact ? demanda-t-il à plusieurs reprises.

— Je ne sais pas conduire et je n'étais pas au volant.

— C'est pourtant le b. a.-ba. Vous ne conduisiez pas mais vous étiez juste à côté. Pourquoi votre amie n'a pas freiné en voyant qu'un homme s'était retrouvé sous son véhicule ?

— Je ne peux pas répondre à sa place.

— Pourquoi ne lui avez-vous pas dit de freiner ?

— J'étais mal placée pour lui dire quoi faire, je n'ai jamais conduit de ma vie.

Après deux heures à me poser toutes sortes de questions, il finit par quitter la pièce en arborant le même regard impassible qu'à son arrivée.

J'attendis environ une demi-heure, jusqu'à ce qu'arrive une dame de couleur âgée, en uniforme de police. Après m'avoir demandé de me déshabiller et de me placer au centre de la pièce, juste en dessous d'une lampe halogène, elle inspecta tout mon corps une matraque à la main, me demandant d'ouvrir la bouche et de tirer la langue, sans doute pour vérifier si je ne cachais pas de la drogue ou une arme. Elle me fit signe de me rhabiller et de me rasseoir, puis me demanda si je souhaitais prévenir quelqu'un.

— Réfléchissez bien avant de faire votre choix, vous n'avez droit qu'à un seul appel et à cinq minutes de communication !

P fut la première personne à qui je pensai, mais je l'écartai aussitôt. Puis Na me vint à l'esprit : après tout, elle était bien la seule personne que je pouvais appeler au secours en cas de nécessité mais, comble de l'ironie, elle était elle aussi en plein interrogatoire, dans une autre pièce à quelques mètres de là. Lena ? Impossible : même si j'avais eu son nouveau numéro, nos rapports s'étaient arrêtés au stade d'anciennes voisines. Je finis par répondre à la policière que je n'avais pas de proches en France. Elle écarquilla les yeux, incrédule.

— Un ami, par exemple. Il n'y a personne que vous considérez comme un ami ?

Je secouai la tête. Je serrai les lèvres pour éviter de prononcer le nom de P. Elle me regarda en silence et conclut :

— C'est dommage, vous ne pourrez pas avoir un pyjama ou une brosse à dents pour ce soir.

Elle m'invita à la suivre, avant de m'avertir qu'une cellule était un lieu assez particulier.

— Ne vous inquiétez pas trop et tâchez de dormir afin de reprendre des forces pour demain !

Malgré l'épuisement, je ne parvins pas à fermer l'œil. Non pas parce que je me trouvais dans une boîte d'allumettes d'environ cinq mètres carrés où il n'y avait rien à part une couchette en béton et des toilettes crasseuses sans cloison ; ni à cause du traitement glacial de la police ou de la probabilité d'être inculpée pour délit de fuite. Non, je ne trouvais pas le sommeil à cause d'une vérité criante : je n'avais aucun proche ici, dans cette ville que je croyais connaître comme ma poche, même mieux que Hanoi ou Saigon. Cette découverte me déconcerta. La solitude ne me faisait pas peur mais je n'avais jamais réalisé à quel point j'étais seule : j'avais presque trente ans et personne à qui téléphoner en cas de besoin. C'était aussi absurde que de partir en expédition sans un sou en poche. P était sûrement en train de dormir, sans se douter le moins du monde que non loin de chez lui, j'étais adossée au mur d'une cellule, complètement abattue. Par moments, la voix de Na résonnait dans le couloir. D'habitude sonore, elle semblait usée et saccadée depuis notre arrivée au poste. Elle répétait des phrases saugrenues qui en temps normal m'auraient inspiré des ricanements : "Il y a quelqu'un ? S'il vous plaît, répondez ! Je n'en peux plus d'être ici toute seule !"

Je ne sais plus jusqu'à quelle heure du petit matin je veillai. Les cellules voisines étaient silencieuses. Na avait sans doute fini par s'assoupir sous le poids de la fatigue et de l'angoisse. On m'avait informée dès le début que je n'aurais pas le droit de demander la moindre information à son sujet. Toute tentative de prise de contact avec elle pouvait se retourner contre moi et alourdir notre peine à toutes les deux. Je compris alors qu'aux yeux de la loi, Na était une criminelle et moi sa complice. La gravité des blessures de la victime déciderait de notre potentielle incarcération. Cependant je n'avais pas peur. Je savais que Na n'était pas en faute. Sa seule erreur avait été de ne pas freiner à temps.

Mes pensées furent interrompues par un bruit de clefs. La policière poussa la porte et entra, les cheveux hirsutes et les yeux bouffis, comme si on venait de la réveiller. Sans un mot, elle me donna un petit sac en papier et tourna les talons. Je n'eus même pas le temps de la remercier. Cela se passa si vite que si je n'avais pas eu ce sac entre les mains, j'aurais cru avoir rêvé. Le nouveau bruit de clefs qui s'ensuivit confirma que la porte de la cellule s'était bel et bien refermée et que j'étais de nouveau coupée du monde.

Dans le sac se trouvait une longue robe décolletée à manches évasées, en soie noire, que je portais à chaque visite de P. Il disait qu'elle semblait avoir été cousue pour moi et je le croyais en le regardant se démener pour me la retirer. Mais comment avait-on pu me l'apporter jusqu'ici ? Je versai des larmes de joie et cherchai dans toute la cellule à entrevoir le visage de P et ses clins d'œil moqueurs. J'avais le sentiment qu'il était caché quelque part dans un coin et qu'il avait dû bien rire en me voyant sursauter à la vue de la robe noire. Cette gentille policière avait probablement trouvé le numéro de P dans mon téléphone. Bien que j'eusse supprimé tous nos messages, elle avait dû comprendre par mon journal d'appels qu'il y avait quelque chose entre nous. Elle avait appelé P, lui avait expliqué ma situation tout en lui suggérant de m'apporter quelques affaires. En pleine nuit, P s'était rendu à mon immeuble, il avait sonné chez le concierge, supplié celui-ci de lui ouvrir la porte de mon appartement avec son double et avait choisi cette robe en ouvrant mon premier tiroir. Cinq minutes auparavant, P devait se trouver là, à quelques dizaines de mètres de moi, le visage tendu en confiant à la policière ce sac avec mon nom inscrit dessus. Peut-être s'était-il présenté comme l'un de mes proches et avait-il demandé à en savoir davantage sur l'accident, sur l'état de santé de la victime, sur mes probabilités d'être traduite en justice, de faire de la prison ferme ou de la prison avec sursis. Il avait certainement demandé s'il y avait eu un avocat à mes côtés durant l'interrogatoire. On l'avait regardé en secouant la tête. Et il s'était emporté. Il avait dit que c'était contraire à la loi. "Ne vous croyez pas tout permis sous prétexte qu'elle est une femme et qu'elle est étrangère. Où va la France avec un gouvernement aussi barbare ?" Je me repassai les images sans arrêt dans ma tête. Je caressais l'idée de P courant les rues en pleine nuit, inquiet pour moi, faisant un scandale au commissariat pour me protéger et surtout, cherchant à me faire comprendre qu'il pensait à moi en me faisant parvenir cette robe noire ; sinon, autant mettre un vieux pyjama dans un sac sans s'embêter à venir chez moi et supplier le concierge.

Voilà les images les plus romantiques qui me vinrent à l'esprit. Elles n'avaient rien d'exagéré. Mais contrairement à ce que j'avais cru, elles ne me réjouirent pas pour autant et ne me firent voir que plus crûment ma situation : j'avais presque trente ans et personne à qui téléphoner en cas de besoin. Alors revint cette pensée qui me tourmentait : pour P, notre relation ne pouvait se concrétiser qu'à la condition qu'il y ait entre nous une égalité absolue. Peut-être que tout ce que P avait fait pour moi cette nuit-là ne partait que d'un simple sentiment de compassion, voire de pitié, et qu'il l'aurait fait pour n'importe qui se trouvant en difficulté. Il avait beaucoup d'amis d'origine étrangère et il était habitué à leur venir en aide de temps à autre, du moment qu'il n'avait pas à vendre sa maison ou sa voiture ou à être puni pour infraction. Un jour, il avait pris tout un après-midi pour accompagner un ami chinois aux urgences. Je pensai à ma voisine d'origine italienne, qui habitait au même étage que moi. En l'espace de quelques années, je l'avais saluée deux ou trois fois d'un simple signe de tête dans l'ascenseur. À supposer qu'elle eût frappé un jour à ma porte pour me demander de courir à l'aéroport accueillir sa maman venue de Rome pour les vacances étant elle-même retenue par une mission urgente, j'aurais sans doute consenti à perdre quelques heures de mon temps pour m'occuper de la vieille dame inconnue. Et malgré l'ennui que cela m'aurait causé, je me serais efforcée de sourire pour la mettre en confiance et d'affirmer continuellement qu'elle ne me dérangeait pas le moins du monde, que c'était un *vrai plaisir**. En fin de compte, le fait que P soit passé chez moi en pleine nuit pour récupérer ma robe n'avait rien d'extraordinaire. Cette robe avait un sens pour moi, mais peut-être P l'avait-il choisie au hasard. Il n'avait aucune intention de m'adresser un message romantique. C'était simplement la première chose qui avait frappé son regard en ouvrant mon tiroir. Dans la précipitation, il l'avait prise pour la mettre aussitôt dans un sac. En bon Français bien éduqué, il comprenait la gravité de la situation dans laquelle s'était retrouvée une étrangère. J'avais besoin d'aide et il accordait volontiers la sienne. Et par le plus grand des hasards, le commissariat se trouvait dans son quartier.

Le ciel plein d'espoir qui s'était déployé devant moi se referma alors aussi sec dans la cellule de cinq mètres carrés.

Tandis que d'autres voient le malheur comme une occasion de mettre leur amour à l'épreuve, P., tout à l'opposé, considère que nous avons besoin de normalité. Tant que rien ne se passe, tant qu'aucun incident ne pousse l'un à voler au secours de l'autre et que chacun pense à l'autre, alors l'amour est véritable. D'un côté, P., très idéaliste et traditionnel, est à la recherche d'un amour romantique et désintéressé ; de l'autre, partageant le scepticisme de la grande majorité de ses compatriotes, il a besoin de savoir le pourquoi de notre attachement. Il me reproche mon romantisme, mais il est encore plus romantique que moi. Il pique ma naïveté comme pour se piquer lui-même. Dans son esprit plein de contradictions, raison et sentiment se heurtent en permanence. De la même façon, je ne savais pas à quel point je l'aimais. Aurais-je été prête à sacrifier tous mes dimanches matin pour aller faire du jogging dans les bois avec lui ? C'est donc sur cette pensée que je m'assoupis, et lors de cette nuit sans pareille qu'elle fit son nid dans mon esprit. Cette pensée fut probablement à l'origine de ma décision de revenir au Viêtnam sans rien dire à P.

XVIII

J'étais allongée, lunettes noires sur le nez. Le hamac se balançait au gré du vent chaud et humide qui soufflait en provenance de la mer. Mais ce vent ne pouvait adoucir la chaleur d'un midi estival sous les tropiques. Le soleil restait cuisant malgré l'épais brouillard. Des nuages en strates passaient indéfiniment, les plus téméraires s'aventurant jusqu'à l'horizon, où dominaient les montagnes bleues, de jour comme de nuit.

J'étais comme une désœuvrée. Sur mon ventre, un roman à moitié entamé. À ma droite, une bouteille d'eau à moitié entamée. À ma gauche, une pomme à moitié entamée. Depuis mon retour, tout avait un goût d'inachevé. La vie s'écoulait comme si rien ne s'accrochait à moi. Durant la semaine, je continuais d'enseigner le français à l'université, un cours par jour. Les étudiants venaient comme on vient en vacances. Après six mois, le programme n'était toujours pas bouclé. Les vendredis midi, ma sœur venait me chercher avec sa voiture et m'emmenait à l'aéroport. François nous y attendait et nous prenions l'avion tous ensemble. Toujours en classe affaires. Mais je ne vis jamais l'ombre d'un billet à mon nom. Je suivais ma sœur. François aussi. Il s'asseyait sur le siège que ma sœur lui indiquait, toujours entre elle et moi. François était le nouvel amour de ma sœur, mais je jouais le rôle de sa compagne. Ma sœur voulait éviter les regards indiscrets. Juridiquement parlant, elle n'était pas encore divorcée. Mais je ne protestais pas : François était d'un tempérament agréable et je pouvais parler de Paris avec lui à tout moment.

De l'aéroport de Da Nang, nous prenions un taxi jusqu'au village-vacances. Nous y logions pour le week-end, dans deux appartements adjacents. Tout comme pour l'avion, je n'avais jamais de formalités à effectuer à l'arrivée ou au départ. Je suivais ma sœur. François ne montrait pas non plus son passeport aux réceptionnistes, pas plus qu'il ne devait signer quoi que ce soit. Il restait à côté de moi tandis que ma sœur partait téléphoner au milieu du hall. On envoyait une navette nous chercher, un véhicule blanc à trois roues, semblable à un tuk-tuk, attendant habituellement qu'un nombre suffisant de clients monte à bord pour les déposer devant leurs appartements respectifs. Vus de l'extérieur, François et moi avions vraiment l'air d'un couple très amoureux. Nous parlions ensemble en français et partagions quelques goûts en commun, nous aimions tous les deux les produits à base de coco : le jus de coco, le sorbet coco, les bonbons à la noix de coco, les graines de lotus au lait de coco, les chapeaux en jonc de cocotier et les animaux tressés en feuilles de cocotier, que nous achetions lors de nos déambulations dans le centre-ville. François me montra un jour un phénix, me demandant s'il s'agissait bien de l'une des quatre mascottes du Viêtnam. Je hochai la tête.

— Le phénix et le coq font un assez beau couple, répliqua-t-il.

Et j'en ris. Ma sœur nous regardait avec tendresse. Le français lui revenait en mémoire, elle comprenait la majeure partie de nos conversations. Elle intervenait parfois brièvement, avec un accent parisien. Nous parlâmes à François de Mme Mai Chi. Il eut peine à croire que notre première enseignante de français avait étudié et travaillé en France. Il nous posa alors toute une série de questions :

— Elle est rentrée au Viêtnam en 54 ? Comment quelqu'un dans sa situation a pu survivre en ce temps-là ? Vous l'a-t-elle raconté ?

Ma sœur me fit un clin d'œil. François ne savait pas que notre père avait lui aussi étudié et travaillé en France, et qu'il était rentré au Viêtnam juste après les événements d'avril 75, répondant à l'appel pour la reconstruction du pays. Plus attirés par la gloire, quelques-uns de ses amis viêt kiêu restèrent en France, et de jour comme de nuit attendirent d'être invités par le Parti à un poste au sein du gouvernement de la Réunification. Longtemps, ce fut leur nourriture spirituelle. Ils ne prirent pas la nationalité française, n'achetèrent pas de maison à crédit, ne cherchèrent pas de meilleur travail et limitèrent leur nombre d'enfants dans l'espoir de recevoir un jour une invitation de rapatriement pour toute leur famille. Ils avaient œuvré au sein des associations viêt kiêu, contribué à accueillir les délégations de représentants de la république démocratique du Viêtnam en s'improvisant chauffeur, interprète, cuisinier, secrétaire, en participant financièrement... Ils s'étaient dévoués corps et âme et avaient reçu des promesses de la part de personnages haut placés. L'attente s'avéra plus lassante qu'ils ne l'avaient crue. Alors, ils se mirent à envoyer des courriers aux camarades du Parti pour donner leurs opinions sur la reconstruction du pays et leur rappeler ce qu'ils leur avaient promis à Paris. Cinq ans. Dix ans. Toute patience a ses limites. Ils commencèrent à exprimer leur indignation. Ils rencontrèrent des privilégiés du régime venus participer aux congrès scientifiques internationaux. Ils cherchèrent à lire des documents non autorisés à l'intérieur du pays. Ils sursautèrent en prenant connaissance des critiques vis-à-vis du Parti : inefficacité, corruption, gaspillage, bureaucratie, inégalités, inadaptation à la nouvelle économie socialiste de marché... Très vite, ils forgèrent à leur tour leurs propres critiques : mensonge, hypocrisie, autoritarisme, monopartisme, centralisme...

Peu après mon arrivée à Paris, j'allai rencontrer un ancien camarade d'études de mon père, un homme qui fut autrefois un pilier de l'association des Viêt kiêu de France et qui avait fait en vain sa demande de rapatriement dans l'espoir de diriger un élevage de poissons d'eau saumâtre dans la plaine du Mékong. Après avoir lu la lettre de mon père qui lui demandait de m'aider durant mon séjour en France, il s'écria : "Mes pauvres enfants ! Et moi qui croyais que votre père avait été invité au Comité scientifique national... Moi aussi, il y a trente ans, on m'a refusé le poste de directeur du département." Il ouvrit son portefeuille et me tendit un billet de banque : "Prends ça, ce n'est pas grand-chose mais je viens d'acheter un pavillon et je dois rembourser mon emprunt." Je laissai l'argent sur la table. Quelques années plus tard, il me contacta pour me demander si par hasard un de mes amis ne cherchait pas un logement : il lui restait deux petites chambres à louer. L'amie que je lui présentai signa un bail de location pour un an mais elle partit au bout d'un mois. Elle ne supportait pas la manie qu'avait le type de lui poser sans arrêt cette question : "Comment vos parents gagnent-ils assez d'argent pour pouvoir vous payer des études à l'étranger ?" Je lui demandai si la photo grandeur nature était encore accrochée dans son salon. Elle me le confirma. Tous les jours le type la contemplait solennellement durant des heures. La photo représentait un jeune homme aux cheveux courts, sourire rayonnant, réajustant la cravate à un homme de taille moyenne, au front dégarni et revêtu d'un paletot. En dessous de la photo se trouvait une date en caractères gras : 31.1.1972. *Accords de Paris. Camarade Nguyên Duy Trinh, ministre des Affaires étrangères de la RDV**. En voyant pour la première fois cette photo, je crus voir mon père dans sa jeunesse.

François ignorait tout cela, bien qu'avant sa venue à Saigon il eût appris le vietnamien durant quelques années et eût bon nombre d'amis viêt kiêu. Pour lui, le vietnamien était comme le turc, le hongrois et le laotien, qu'il avait appris au cours des vingt dernières années. C'était un passionné de langues rares mais ses passions ne duraient qu'un temps : il abandonnait rapidement une langue en cours de route pour en commencer une autre sans aucun lien avec la précédente. Il finit par confondre les langues entre elles. Les seuls souvenirs qu'il conservait de ses apprentissages étaient ses amours : les femmes sont souvent d'une grande aide dans l'assimilation d'une langue, et comme on dit : la meilleure façon d'apprendre une langue étrangère, c'est sur l'oreiller. Ma sœur, qui avait réussi à ouvrir sa boîte mail par je ne sais quel moyen, avait découvert qu'il entretenait une correspondance avec trois femmes hongroises de tous âges, quelques jeunes femmes turques et une infirmière laotienne. Mais elle se défendait de toute jalousie, elle n'avait nullement l'intention de l'épouser – et c'était ce que François "appréciait le plus" chez elle.

Après plusieurs séjours, j'appris que ces deux appartements où nous venions nous reposer les week-ends étaient la propriété de ma sœur. Elle possédait une dizaine d'appartements dans le village-vacances, mais elle gardait ces deux-là pour son usage personnel car ils étaient attenants. Je séjournais dans un appartement, elle et François dans l'autre. Les deux étaient reliés par une porte communicante, mais moi seule venais de temps à autre de leur côté. Avant d'entrer, je leur passais toujours un coup de fil pour être sûre de ne pas déranger. Ma sœur ne refusait jamais, même lorsque François lisait allongé sur le canapé, vêtu d'un simple slip, tandis qu'elle caressait ses cuisses velues, la tête posée sur son ventre, chantant d'une voix féline comme Vanessa Paradis. François était un rat de bibliothèque : dès qu'il trouvait un endroit où s'asseoir ou s'allonger, il sortait un livre et lisait, oubliant tout ce qui se passait autour de lui. Il pouvait disserter durant des heures sur un détail d'un passage de *Du côté de chez Swann* ou de

Guerre et Paix, du *Rêve dans le pavillon rouge* ou de *La Véritable Histoire d'Ah Q*. À de nombreuses occasions, lui et moi débattions farouchement, sous le regard attendri de ma sœur. Dans ces moments, elle ressemblait à une jeune étudiante, les yeux grands ouverts, la main posée sur son menton, sa main qui, depuis sa rencontre avec François, n'arborait plus sa collection de diamants. Par moments, elle nous interrompait par une question sans queue ni tête, et nous partions tous les trois dans un éclat de rire.

Nous quittions parfois le village-vacances pour des promenades en ville. François et moi aimions porter des shorts et marcher en tongs. Mais nous ne pouvions pas aller bien loin car ma sœur n'aurait quitté ses talons aiguilles pour rien au monde, pas même dans son cercueil. Elle avançait à pas d'escargot dans sa paire de Louboutin au prix d'une année de salaire moyen vietnamien. En plus de cela, le soleil de la région étant trop fort pour son teint de bébé, nous trouvions plus pratique de nous promener en taxi en contemplant le paysage par la vitre que de marcher aux côtés d'une femme ninja couverte des pieds à la tête. François lui proposait de la porter ou de prendre appui sur son bras, mais ma sœur refusait car quoi qu'il arrive, c'était moi sa compagne pour le reste du monde. Force était de reconnaître que ma sœur ne baissait jamais la garde (il faut dire que François, avec sa grande taille et son teint clair, ne passait pas inaperçu au milieu de la foule. Quant à moi, seuls les Saïgonais pensaient que je n'étais pas du coin) et nous tombions souvent nez à nez avec quelqu'un de sa connaissance. Ses présentations – "Voici ma sœur cadette, elle revient de Paris" – ne semblaient surprendre personne. On me regardait de la tête aux pieds d'un air soupçonneux. Mais heureusement, cela ne durait qu'un instant. On ne me forçait pas à répondre à toute une salve de questions et ma sœur était rapidement invitée à venir visiter quelques terrains militaires susceptibles de changer de mains et de faire l'objet d'un permis de construire pour un complexe de loisirs ou un parc aquatique. Certains lui suggéraient même de rejoindre le conseil d'administration d'une pagode qui n'en était encore qu'au stade de projet, mais qui serait amenée à devenir l'une des plus grandes d'Asie du Sud-Est, et lui promettaient de récupérer son investissement de départ en cinq ans. Assis à côté de moi, François écoutait tout cela, bouche bée.

— Alors c'est ça le sens de l'expression *"buôn thân ban thanh*[1] *"* ! murmura-t-il en français à mon oreille. Mon prof de vietnamien à Paris avait tenté de nous l'expliquer, en restant très évasif. Tu parles, il devait être bien gêné !

Da Nang est une ville nouvelle, avec ses larges avenues, ses quelques centres commerciaux implantés dans des zones résidentielles et ses terrains vides en l'attente de nouveaux propriétaires. Au centre-ville se trouve un pont métallique en forme de dragon ondulé peint en jaune, reliant les deux rives du fleuve Hàn. Des hordes de touristes déboulent des autocars à la recherche de bouis-bouis et de maisons d'hôtes bon marché. Le Centre du Viêtnam

1. Littéralement "marchander les divinités, vendre les saints", expression signifiant la simonie.

est connu pour son hospitalité et sa gastronomie : des produits de la mer de première fraîcheur, toutes sortes de petits gâteaux salés et sucrés, des nouilles et des soupes, le tout savamment relevé de piment rouge et parfumé à la noix de coco. François et moi avions réussi à persuader ma sœur de goûter à tous ces plats populaires savoureux plutôt qu'aux choses insipides et hors de prix qu'on nous servait au village-vacances. Nous lui avions dit qu'un restaurant français quatre ou cinq étoiles ici équivalait à un sans étoile à Paris. Ma sœur n'avait rien dit mais je pouvais sentir qu'elle ne nous croyait pas vraiment : nous n'avions pas le portefeuille assez garni pour nous permettre de fréquenter de tels restaurants.

Le long de la route reliant Da Nang à Hôi An, sur une vingtaine de kilomètres, les plus beaux terrains du bord de mer étaient découpés en lots et recouverts de centres de villégiature dont il fallait être client pour avoir accès à la plage privative. Depuis nos appartements, il suffisait de faire quelques pas pour trouver un coin aussi tranquille qu'une île déserte, avec une plage de sable fin immaculée et des palmiers projetant leur ombre au bord d'une mer émeraude. François y piquait une tête, à l'aise comme un poisson, et se laissait porter par les vagues. Quant à moi, je restais près du bord à tournoyer dans ma bouée. Ma sœur, elle, restait allongée à l'ombre, tout à fait semblable à un ninja évincé du combat. Par moments, elle retirait son chapeau de toile et s'approchait de l'eau pour nous lancer un grand sourire. Je devinais qu'elle devait être follement amoureuse pour laisser ainsi les éléments écorcher sa beauté. Au retour vers nos appartements, François répétait à l'envi qu'il n'avait jamais vu d'aussi belles plages que celle de Da Nang. La dernière fois, il s'était exclamé d'un air rêveur :

— Pas étonnant que le Viêtnam soit un pays aussi poétique.

Ma sœur se tourna vers moi et me lança ironiquement :

— Dans ce pays, tous les hommes politiques sont de grands poètes, c'est bien connu.

François sursauta :

— Sans rire ?

Elle secoua la tête :

— Ce soir en rentrant à Saigon, je te montrerai des manuels de littérature.

François ouvrit de grands yeux et elle ajouta :

— Imagine Mitterrand ou Chirac écrire des vers !

Elle rit de tout son corps. François l'implora très sérieusement de lui apprendre un poème d'un président vietnamien le soir même. Pour la rassurer, il ajouta d'un air complice :

— Oh, juste histoire de voir, on ne va pas y passer la nuit, on a tellement mieux à faire…

Ma sœur rougit de bonheur jusqu'à la racine des cheveux.

Je savais qu'elle nous régalerait sous peu de nids d'hirondelle. Elle commanda ces filaments soyeux de couleur rouge pour les disposer dans des bols et les faire cuire à la vapeur avec du sucre candi. Goûtant ce mets pour la première fois, François m'interrogea discrètement. Je lui expliquai qu'il s'agissait de la salive séchée d'une espèce d'oiseau qui ne nichait qu'à flanc de falaises.

— Mon Dieu !

Il recracha aussitôt, courut aux toilettes pour vomir puis à la salle de bains pour se laver les dents. De retour, il nous regarda en secouant la tête :

— Bon, y a-t-il encore d'autres *spécialités* locales que je devrais éviter ? J'avais déjà entendu parler du café récupéré dans les excréments de vison, du cœur de serpent, de la cervelle de singe, des pattes d'ours, mais la bave de passereaux marins, c'est une découverte !

Ma sœur rit aux éclats et lui demanda d'un air taquin :

— Et votre fromage aux asticots, alors ? Mme Mai Chi nous racontait qu'à son époque, il y en avait plein les supermarchés parisiens.

François se gratta la tête d'un air un peu gêné, prit un livre et poursuivit sa lecture. François était bien différent de P : s'il s'était trouvé parmi nous, celui-ci aurait dit à ma sœur que ce n'était pas comparable, que la fabrication du fromage aux asticots était à la portée du premier venu, tandis que les récolteurs de nids d'hirondelle risquaient leur vie dans cette activité[1]. P avait beaucoup de répondant et cherchait toujours la faille dans un raisonnement. Il n'avait pas peur de dire ce qu'il pensait, même si

1. Les nids d'hirondelle, plus précisément de salangane, sont en effet constitués du mucus régurgité par ces oiseaux afin de bâtir leur habitat. Ce mucus comestible, auquel on prête des vertus médicinales et anti-âge, donne un mets rare et très recherché en Asie, qui en fait l'un des ingrédients les plus chers du monde. Il est consommé sous forme de soupe ou d'entremets sucré. L'espèce est très présente au Centre du Viêtnam et niche dans des grottes et des cavités à flanc de falaises. La récolte artisanale, pratiquée en hauteur au moyen d'équipements rudimentaires et peu sécurisés, se fait au péril de la vie des récolteurs.

cela devait déranger. Là où je vivais maintenant, il n'y avait pas de place pour les gens comme lui. Ici, dire des vérités coûte souvent bien plus cher que les nids d'hirondelle.

XIX

Bien qu'il n'eût ni argent ni cadeaux somptueux à offrir à ma sœur, François pouvait lui apporter son attention et la sérénité.

Nous étions assises côte à côte sur mon balcon. Elle m'avait proposé spontanément de nous y installer pour contempler le coucher du soleil. Elle avait changé depuis sa première visite. Les rayons ultraviolets n'étaient plus ses ennemis. Les taches de rousseur sur son teint hâlé lui donnaient un air étonnamment jeune. Elle avait également suivi mon conseil de faire retirer les poches siliconées de sa poitrine, qui reprenait progressivement une forme plus naturelle.

Mon retour au pays après dix années d'études à l'étranger avait déçu mon père, mais semblait avoir quelque peu réussi à ma sœur. Une opération de *chirurgie esthétique des yeux* avait été évitée de justesse : quelques semaines après avoir fondu en larmes dans son salon, elle me téléphona pour implorer mon accord. Elle savait que je désapprouverais, mais elle tenait absolument à ce que la main d'un médecin efface toute trace de son récent chagrin. Ellc n'osait plus sc regarder dans une glace, son reflet la fixait comme pour lui rappeler le passé. Ma chère sœur, on pourra toujours prendre ton argent et t'ajouter quelques cicatrices sur les paupières, mais le regard, ça ne s'opère pas.

— D'ailleurs, pourquoi devrais-tu te cacher ? lui demandai-je, arguant que les femmes vietnamiennes cherchent toujours à exhiber leur bonheur.

La tristesse la rendrait singulière, du moment qu'elle ne pleurait pas. Les larmes ne suscitent que de la pitié. Je la conseillai comme si j'étais l'aînée. Sa tristesse me donnait l'air plus mûr. C'était quand elle n'avait pas encore rencontré l'actuel François. Je dis *l'actuel* pour le différencier du précédent. En effet, par le plus grand des hasards, les deux élus de son cœur portaient chacun le nom d'un roi de France : "Appelons-les François Ier et François II !" proposa-t-elle. Je ne pus m'empêcher de rire. Elle m'expliqua qu'un océan séparait ces deux compatriotes homonymes. François II, avant de s'installer en Turquie, en Hongrie, au Laos et au Viêtnam, avait appris par lui-même la langue de chaque pays ; François Ier, qui y avait également vécu et travaillé, ne parlait pas le moindre mot de leurs langues. François II continuait de prendre des nouvelles de ses anciennes compagnes, mais François Ier rompait tout contact dès qu'il partait s'installer ailleurs. "Toujours couper les ponts avec ses ex", voilà la règle d'or qu'il s'était fixé. Derrière son ton ironique, ma sœur ne cachait pas l'admiration qu'elle lui portait – l'admiration du vaincu.

Elle avait nourri de belles espérances avec François Ier. Il avait une bibliothèque remplie de livres dans son salon. Des livres reliés, au papier épais et lisse. Mais ma sœur apprit plus tard que ces livres n'avaient jamais été ouverts, et chaque fois qu'il changeait de mandat, ils étaient expédiés par bateau dans un autre pays, le temps d'un nouveau mandat, afin de garnir une autre bibliothèque, dans un nouveau salon. Au début, elle ne le savait pas. Face à tous ces livres, elle s'était sentie en sécurité. Chez son mari comme chez ses anciens amants – des hommes qui promouvaient la lecture à la télévision et suggéraient d'offrir des livres au Nouvel An plutôt que de l'argent dans de petites enveloppes rouges –, elle n'avait jamais vu l'ombre d'un livre. Dans leurs immenses salons, les vitrines imitant le style ancien ne servaient à exposer qu'une seule chose : les liqueurs précieuses. Des ribambelles d'alcools dispendieux de marques prestigieuses remplissaient les étagères. Eux et leurs amis n'auraient pas eu assez d'une vie entière pour tout engloutir.

Une brise légère charriait la fraîcheur de la rivière et l'odeur pénétrante des alluvions. Le soleil filtrant derrière le grand immeuble teintait une partie de la ville d'un orange éclatant. À Saigon en cette saison, nous avions droit tous les trois jours à un splendide coucher de soleil. Suspendue quelque part dans les airs, je fus rapidement ramenée sur terre par ma sœur qui avait ouvert son sac à confidences. Dans la bibliothèque du diplomate français se trouvaient la plupart des titres que notre père avait apportés de Saigon à Hanoi par le train de la Réunification, puis rapportés quelques années plus tard en sens inverse, par le même train de la Réunification. Elle les regardait de loin. Les noms des auteurs français la rassuraient. Elle pensait que la France était liée au destin de notre famille, que la France avait mis François Ier sur sa route. J'en eus des frissons rien qu'à l'écouter. D'où lui venaient soudainement ces éloges pompeux ? Dans un concours de la francophonie, on lui aurait attribué le prix du jury. Quant à P, il lui aurait certainement attribué le prix de "Miss Naïveté". Je l'imagine bien me lancer avec ironie : "Tu n'es peut-être pas la seule victime de ton père, après tout."

Deux semaines après être tombée amoureuse de François Ier, ma sœur découvrit qu'il entretenait en même temps des relations avec six autres femmes. La première était la jeune fille qui venait tous les matins faire le ménage dans la demeure familiale. La seconde était une femme dans la fleur de l'âge qui gardait leurs enfants l'après-midi à leur retour de l'école. La troisième était une dame d'âge mûr qui concoctait tous les dîners du couple. La quatrième était une tenancière de bar à cocottes dans une banlieue de Saigon où il se rendait deux fois par semaine pour jouer au golf. La cinquième était employée dans un salon de massage à proximité de son bureau. La sixième était serveuse au restaurant où il emmenait régulièrement les invités du consulat pour déjeuner et parler travail. Ma sœur les trouvait affreusement laides. Elle ne s'était jamais sentie aussi humiliée qu'avec François Ier, même par son mari.

Lorsqu'elle en parla ouvertement avec le diplomate français, celui-ci haussa les épaules. La beauté et la laideur étaient pour lui toutes relatives. Il lui rappela que pour les Français, la discrimination était une chose méprisable. En tant que diplomate, il trouvait de la beauté en chaque femme : chaque peuple a ses propres canons de beauté. Cependant, il n'avait jamais eu l'intention d'épouser une autre femme que la sienne. Pour lui, *un* mariage était bien suffisant. Il lui délivrait toujours ses explications en français, au moyen de phrases simples et concises, qui ne nécessitaient pas l'usage d'un dictionnaire. Et ma sœur avait bu ses paroles comme du petit-lait.

— C'était un diplomate chevronné ! dit-elle en contemplant l'immensité devant elle, toujours avec ce même ton ironique mais ne dissimulant pas son admiration pour lui.

Elle dit que sa colère avait disparu lorsqu'il prononça cette phrase : "J'arrêterai de voir ces femmes dès demain, si cela peut te faire plaisir."

Tout s'était passé peu après le jour où elle avait éclaté en sanglots en ma présence, lorsqu'elle m'avoua avoir une relation avec un homme français.

Le soleil avait disparu et la nuit commençait à recouvrir la ville. Les étoiles qui brillaient au loin me fatiguaient un peu les yeux. Je constatai que ma vue avait sensiblement baissé depuis quelques mois.

— Pourquoi ne me l'as-tu pas présenté ? demandai-je.

— Au début, il m'a dit que cela prenait du temps de divorcer. Il m'a demandé deux ans, car il ne pouvait pas le faire précipitamment. *Donne du temps au temps** ! Il disait que c'était une phrase de Mitterrand.

— Tu n'avais pas flairé le séducteur ?

— Deux ans me semblait un délai raisonnable : je savais que les procédures de divorce en France engendraient des formalités très compliquées et des frais faramineux.

— Pourquoi ne pas lui avoir avancé les frais d'avocat ?

— C'est ce que j'ai voulu faire, je lui ai proposé de l'argent pour l'aider. Mais il a refusé tout net. J'étais d'autant plus en confiance.

— Il t'a parlé de son couple ? Pourquoi voulait-il divorcer ?

— C'est moi qui le lui ai demandé. Contrairement à mes précédents amants, qui dénigraient celles qu'ils avaient épousées en grande pompe, lui se disait inférieur à sa femme sur tous les points.

— Et tu as cru à son baratin ?

— J'en ai déduit qu'il devait beaucoup m'aimer pour se séparer d'une femme aussi formidable.

— Pourquoi n'as-tu pas enquêté sur elle, comme tu l'as fait avec les femmes de tes précédents amants ?

— Je ne me le suis pas permis. C'est vrai qu'autrefois, j'engageais souvent un détective pour tout savoir de mes rivales. Mais pour elle, je n'ai pas osé. Face à une personne civilisée, j'ai voulu me comporter en personne civilisée.

— Comment as-tu su pour les autres femmes ?

— Pour les trois premières, je l'ai découvert par moi-même. Pour les trois autres, j'avais engagé quelqu'un pour le suivre.

— Tu l'as surpris avec la femme de ménage ?

— Exactement. Sa femme étant en France pour les vacances de Pâques, il m'avait invitée chez lui à dîner. Mais je suis arrivée avec une heure d'avance, je suis entrée et je les ai surpris tous les deux dans le salon. Je suis partie, ils ne se sont aperçus de rien. Plus tard dans la soirée, il m'a téléphoné pour savoir où j'en étais. J'ai simplement annulé notre rendez-vous en prétextant que j'étais fatiguée.

— Et la cuisinière ? Et la nounou ?

— Pareil. Je suis venue avec une heure d'avance et j'ai tout vu, sans lui en parler.

— Et tu as accepté ?

— J'ai eu un choc la première fois, puis après… l'habitude. Je me suis dit que sa femme devait lui fermer sa porte au point qu'il ait envie de coucher avec n'importe qui. Quand je vois la dégaine des bonnes femmes, j'en suis d'autant plus convaincue.

— Et s'il était vraiment charmé par leur physique ? Ne t'a-t-il pas dit que la beauté et la laideur étaient toutes relatives ?

— Il ne dénigre jamais qui que ce soit, et surtout pas les femmes. Rappelle-toi qu'il est diplomate !

— Et pour les trois autres ? As-tu été surprise par les résultats de l'enquête ?

— J'ai seulement eu un choc en apprenant qu'il couchait avec la patronne du bordel. Et pour les deux autres… l'habitude. Je me suis dit qu'il avait bien le droit de se lasser de ses domestiques paysannes. De plus, personne ne peut échapper aux masseuses et aux serveuses de restaurant. Elles savent très bien comment dorloter les hommes.

J'ouvris de grands yeux et regardai cette femme en face de moi. Son beau visage était serein, son regard doux, sa main caressait les boucles de ses cheveux, comme si ce n'était pas elle qui venait de me raconter tout cela. Pour quelles raisons avait-elle accepté ces chocs à répétition ? Était-ce à cause de ces romans français rapportés à la maison par mon père ? Je pensai aussi à ce pays où nous vivions : si les hommes y sont si effrontément polygames d'une génération à l'autre, c'est aussi parce que les femmes, éternellement soumises, se passent le mot pour que la génération suivante soit tout aussi soumise que la précédente. La liberté d'expression, si elle parvenait jusqu'à nous, ne servirait qu'à initier des centaines de pages web et de cours intensifs sur le thème "Comment garder un homme". De temps à autre, les hommes vietnamiens crient haut et fort à l'égalité, soit pour mettre les femmes sur le front ou sur les chantiers, soit pour montrer que l'on est tout de même au XXIe siècle. Car s'ils sont persuadés d'une chose, c'est que les femmes vietnamiennes leur resteront à jamais soumises. Les hommes étrangers aiment venir ici, certains pour la baie d'Ha Long et les pâtés impériaux, la majorité pour la docilité des femmes. Des patriarches qui se sentent étouffés dans un Occident féministe. Dans les restaurants du 13e arrondissement, je vois encore certaines de mes compatriotes enrouler un nem bien doré dans une feuille de salade avec des herbes fraîches, tremper le tout dans la sauce de poisson avant de le porter à la bouche de l'homme assis à leur côté ; et si celui-ci fait une mine de dégoût, sommer la serveuse de rapporter pour lui un petit bol de sauce Maggi, "sans ail et sans piment !".

— Quand as-tu compris qu'il te mentait ?

— Trois mois plus tard.

— Parce qu'il continuait de te tromper ?

— Parce que son mandat au Viêtnam avait pris fin.

— Ne t'avait-il pas demandé deux ans pour se préparer ?

— Exactement. Et j'avais trouvé ça raisonnable.

— Tu n'as jamais eu le moindre soupçon ?

— J'ai appris qu'il partait de Saigon la veille même de son départ.

— Qu'as-tu ressenti ?
— Un choc sur le coup, et puis... l'habitude.
— T'a-t-il dit pourquoi il te l'avait caché ?
— Il s'est excusé de m'avoir fait de la peine mais il n'a pas voulu se justifier.
— Et combien de temps après as-tu rencontré François II ?
— Cent jours.

Cent jours. La durée d'un deuil. Après quoi, ma sœur libérée de sa tristesse put commencer une nouvelle histoire. En rentrant au pays, je n'aurais jamais cru voir un jour ma sœur assise sur un trottoir avec un homme au chômage n'ayant en poche que quelques sous et des livres usés, à manger des crêpes au soja et des soupes de nouilles aux pieds de porc, des plats populaires auxquels elle n'avait pas touché depuis dix ans. Elle n'avait jamais autant souri que maintenant. Elle commençait à délaisser les bijoux et à refuser toute incitation à la chirurgie esthétique. Ces changements ne passèrent pas inaperçus auprès de son personnel. Comme toujours, les nouvelles concernant ma sœur mettaient tout l'établissement en émoi et coupaient court aux séances de grignotage. Mes collègues propageaient la rumeur qu'elle allait bientôt épouser un routard français pour bénéficier de sa nationalité.
— François II ne sera jamais mon âme sœur. Il ne pourra pas non plus m'aider financièrement si un jour je me retrouve sur la paille. Mais je crois qu'il m'apporte tout ce qui manque à mon âme.

Dans la pénombre du crépuscule, le visage de ma sœur semblait rayonner. Était-elle devenue un porte-drapeau de l'optimisme à la vietnamienne ? Ma sœur, cette femme qui ne pouvait pas avoir d'enfants, dont le mari venait de reconnaître officiellement sa nouvelle épouse, qui était la cible des racontars de ses employés, souvent trompée par les hommes et qui avait subi sa plus grande trahison depuis quelques mois à peine. Cette femme se tenait devant moi, un sourire illuminant ses joues parfaites. Je réalisai à quel point nous étions différentes. Elle se montrait aussi confiante que je me sentais perdue.

XX

— Vous êtes *la fille cadette** ?

J'acquiesçai. Le Dr Lê, qui examinait les radios, m'avait posé la question en français, sans que je m'y attende. Ce matin, après avoir reçu un message de ma sœur, j'avais annulé mon cours pour venir aussitôt à l'hôpital. Ce n'était pas tous les jours que mon père allait aux urgences. Afin d'éviter qu'il ne s'enfuie comme la dernière fois, l'hôpital lui avait attribué une chambre double. Le jeune homme à la jambe plâtrée allongé sur le lit voisin, m'ayant vue arriver dans le couloir, s'était empressé de me faire un signe comme si nous étions de vieilles connaissances. Mon père avait les yeux fermés. Au-dessus de sa tête pendaient quatre bombonnes de verre contenant des fluides mystérieux, reliées à ses mains au moyen de quatre tuyaux. Ses mains ridées, grisâtres et immobiles. Ses mains pareilles à celles d'un mourant… J'avais dû m'adosser au mur pour ne pas tomber. Le jeune patient qui partageait la chambre pianotait fiévreusement sur son téléphone. Une infirmière était venue rapidement et m'avait conduite jusqu'au cabinet du Dr Lê.

— J'attends le résultat des analyses de sang, d'urine et des sucs gastriques. Mais le diagnostic des précédentes consultations et les symptômes actuels me laissent penser que votre père souffre de troubles obsessionnels compulsifs.

Je lui demandai de m'expliquer un peu plus en détail.

— Fatigue chronique, cauchemars, nervosité, douleurs thoraciques, perte de poids, angoisses injustifiées.

Le Dr Lê parla lentement, en plissant les yeux derrière ses lunettes. En français, il ajouta qu'il s'agissait des remarques que ses collègues avaient consignées dans le dossier médical. Je l'écoutais sans rien comprendre. Depuis mon retour, hormis quelques passages aux urgences pour en ressortir aussitôt après, il ne s'était pas passé un jour sans que mon père ne m'appelle pour me bombarder de questions. Il savait que sa santé était la seule chose qui pouvait m'attendrir et il n'hésitait pas à s'en servir. Il m'avait même acheté cet appartement pour moi seule dans le simple but de pouvoir m'appeler et m'interroger à sa guise, ce qu'il avait fait durant mes études en France. C'était bien plus facile au téléphone : au moins, il ne me voyait pas lever les yeux au ciel.

— Quand l'avez-vous vu pour la dernière fois ?

— Dimanche dernier.

— Vous pouvez me dire comment cela s'est passé ?

— Le midi, il avait apporté le déjeuner, mais il n'y a pas touché, il m'a simplement regardée manger.

Je ne donnai pas plus de détails. Je ne pus raconter que je faillis m'étouffer avec mon *pho* à cause de ses rappels – en apparence – innocents sur ma thèse et ma directrice de thèse, et recracher mon dessert aux graines de lotus à cause de ses critiques tout aussi innocentes – en apparence – sur les prix littéraires et les discours de réception des prix Nobel de littérature, des œuvres et des auteurs dont il ne devait connaître que le nom.

— Il se plaint souvent auprès de vous ?

— Rarement de ses problèmes.

— Il ne vous a jamais parlé d'insomnies, de perte d'appétit, de troubles de la vision, de cauchemars ?

Je secouai la tête. J'aurais pu lui dire que si j'acceptais de retourner en France, tous ses symptômes dépressifs s'évaporeraient en un clin d'œil. Mais je me tus et regardai la cour à travers la fenêtre, les rangées de grands arbres verdoyants, les réverbères imitant le style Belle Époque et les sculptures de marbre. Sans la pancarte avec le nom de l'hôpital, on aurait pu croire à un *resort* cinq étoiles. Le prix d'une chambre pour une journée équivalait à un mois de salaire d'ouvrier. Depuis mon retour, je me demande sans cesse pourquoi, dans un pays où le revenu moyen par habitant est parmi les plus bas du monde, certains sont toujours prêts à débourser des sommes folles pour un tourteau, une robe ou une voiture. Ce n'est pas à Paris mais à Saigon que j'ai appris que Lamborghini Veneno, Bugatti Divo ou Pagani Huayra n'étaient pas des noms de plats italiens.

— Votre père dit que vous étudiez la littérature française classique.

Il y avait un soupçon de malice dans sa voix. Rouge de confusion, je n'osai ni confirmer ni infirmer. Je présume que mon père, après avoir reçu une perfusion de protéines et vu entrer le médecin, s'était aussitôt senti mieux et n'avait pu s'empêcher de vider son sac à confidences. Et le sujet principal, à n'en point douter, devait être sa fille cadette et sa thèse en littérature. J'imaginais mon père murmurant ses rengaines habituelles, le Dr Lê regardant tout ébahi ce vieux patient dont les infirmières lui avaient relaté la récente évasion de l'hôpital en mototaxi. Peut-être que tous les médecins que mon père avait consultés dans cet hôpital l'avaient regardé avec ces mêmes yeux ébahis. Tous ont dû consigner notre histoire dans leurs carnets, afin de la citer en exemple au cas où ils participeraient à un colloque sur la dépression. Leurs interventions commenceraient par une phrase du type : "C'est un cas unique dans l'histoire de la médecine." Je ne savais où me cacher. Un jour à Paris, j'eus la honte de ma vie en apprenant que mon père avait photocopié mon mémoire de maîtrise en plusieurs dizaines d'exemplaires pour le montrer à mes anciens enseignants de terminale. D'après ma sœur, il était indigné qu'aucun d'entre eux ne se souvienne de moi, même ma professeure de littérature, qui ne m'avait jamais donné d'autre note que la moyenne ni d'autre appréciation que "manque de créativité".

— Si vous avez étudié à la Sorbonne ces dernières années, il se pourrait que nous nous soyons déjà croisés dans un amphi : votre directrice de thèse donnait des cours passionnants, et le profane que j'étais prenait parfois le temps de venir l'écouter.

Si j'avais pu me rendre invisible pour échapper à la honte… Je baissai la tête. D'après les dires du Dr Lê, je devinai que ce matin, malgré la fatigue, mon père avait eu largement l'occasion de s'épancher. Moi et mon doctorat, mon sujet de thèse, ma directrice de thèse et sa bibliographie, plus quelques anecdotes grappillées à son sujet sur la toile… avec tout cela, il avait concocté une soupe à servir à tous ses médecins.

— Il semble que vous soyez en désaccord avec votre père sur certaines choses. Je crains que ce ne soit la principale raison de sa dépression.

J'entendis derrière moi qu'on frappait à la porte. L'infirmière de tout à l'heure entra et posa sur le bureau une feuille manuscrite. Le médecin s'en empara, fronça les sourcils et me dit d'un ton espiègle :

— Ces données sont plus concises que n'importe quelle phrase de Proust et plus compréhensibles que n'importe quelle phrase de Sartre. Elles nous disent que votre père souffre d'une tumeur à l'estomac.

— D'une tumeur à l'estomac ? répétai-je.

Le Dr Lê acquiesça et me tendit la feuille.

Mes yeux étaient comme couverts de brouillard. Ces derniers jours, dès que je pensais à la santé de mon père, le mot *cancer* me venait à l'esprit. J'avais commencé à faire des recherches sur internet. Je tombai sur des centaines de pages web, dont les contenus me firent trembler. Ma mère m'avait rappelé que mon père serait cette année sous l'influence néfaste des étoiles Véga et Polaire. Aussitôt après mon retour de France, ma sœur lui avait pris un billet à destination de Saigon pour un séjour d'une semaine, mais elle demanda à rentrer au bout de deux jours, ne supportant pas de rester seule dans la grande villa. Ma sœur lui proposa en plaisantant de faire venir notre père pour lui tenir compagnie. Elle tressauta en signe de refus. "J'aimerais encore mieux être tuée, il semble plus tyrannique qu'autrefois." Depuis mon enfance, je constate que ma mère parle de mon père d'une façon très étrange, à mi-chemin entre la peur et le mépris. Comme lorsque je la raccompagnai à l'aéroport et qu'elle me dit : "Ton père garde tellement de secrets enfouis en lui qu'un beau jour il va finir par avoir un *crabe*..." Je compris qu'elle cherchait à ne pas se montrer méchante : elle avait peur de ce que les bouddhistes nomment le *vaci-kamma*[1]. Elle avait essayé d'éviter le mot *cancer*. Tout comme Na, qui m'avait appelée la semaine dernière de Paris pour me parler de son ex : "Il est encore loin de la cinquantaine, il a une femme magnifique et de beaux enfants, il joue au golf tous les dimanches et tout à coup il se sent fatigué, il va consulter à l'hôpital et le médecin lui diagnostique un *crabe*... en phase terminale."

— Si ma mémoire est bonne, bon nombre de romanciers ont fait cadeau à leurs personnages d'une tumeur après leur avoir fait traverser toutes les vicissitudes de la vie. Mais soyez tranquille, dans le cas de votre père, c'est probablement bénin. Nous sommes en train de lui faire une biopsie.

Sur ces mots, le Dr Lê me fit un clin d'œil et se dirigea vers la porte. Je me levai à sa suite. "Bonne chance, jeune fille", me dit-il en me serrant la main. Cela faisait longtemps que je n'avais pas discuté avec un homme aussi agréable. Cette façon espiègle mais élégante qu'il avait de parler le français me rassura, bien plus que le *crabe* abrupt et obscur employé par ma mère et par Na. Puis je pensai aux euphémismes qui pullulent de nos jours en vietnamien et qui nous permettent de contourner la vérité. Et aussi aux phrases elliptiques, sans sujet. D'autres peuples utilisent Messenger, WhatsApp ou Viber pour organiser des grèves générales ou des révolutions, les

1. Conséquences des paroles sur le karma.

Vietnamiens pour colporter des ragots sur quelque brebis galeuse.

La porte du cabinet se referma. Je n'eus pas le temps de demander au Dr Lê la raison de son séjour à Paris. Ni celle de sa venue aux cours de ma professeure. Celle-ci, voyant que je faisais traîner ma thèse en longueur, m'avait donné un conseil la dernière fois que j'étais venue travailler avec elle : "Vous n'êtes pas née pour faire de la recherche, mais il y a tant de métiers passionnants dans la vie." Elle me dit que si elle avait eu le choix, elle aurait préféré devenir navigatrice. Explorer les océans devait être un métier fantastique. Elle avait rédigé des milliers de pages sur Balzac, dirigé des centaines de thèses sur Balzac et participé à d'innombrables colloques et conférences sur Balzac. Et désormais, elle n'attendait plus qu'une chose : la retraite.

XXI

Dans l'après-midi, l'hôpital perdit un peu son apparence de *resort* avec l'arrivée d'une urgence particulière : dans l'allée couverte de gravier, une ambulance avança jusqu'au perron. Aussitôt, de deux Mercedes arrivées quelques minutes plus tôt surgirent un homme en tenue de golf et une femme en robe du soir. Tous deux regardaient en pleurant un corps immobile allongé sur une civière que l'on venait de sortir de l'ambulance. Le Dr Lê, qui m'avait accueillie dans la matinée, alla à leur rencontre, l'air fatigué, suivi de plusieurs employés en blouses blanches transportant du matériel médical. Très vite, on fit une perfusion au patient. Une femme, une infirmière semble-t-il, surgie de nulle part, apporta au médecin toute une pile de dossiers.

— Tiens, revoilà la folle.

Le jeune homme qui partageait la chambre de mon père suivait la scène par la fenêtre avec ses jumelles, sa jambe plâtrée en appui sur une béquille en bois. Il posa ses jumelles, me regarda bien en face et m'expliqua d'un air plein de gravité :

— Même pas deux semaines que je suis ici et elle en est déjà à sa troisième tentative. Elle change de procédé à chaque fois.

Je repris place sur la chaise à côté du lit de mon père. En regardant la jeune fille, je n'avais vu qu'un visage allongé et blême, des yeux fermés et une coupe *à la garçonne**, le genre de coupe qui n'est jamais passée de mode auprès des jeunes Parisiennes. Étant donné l'âge et l'apparence de ses parents, elle devait être encore jeune, peut-être adolescente. Elle me fit penser à Trang, une étudiante de première année que j'avais remarquée au début de l'année universitaire. Une gamine aux cheveux courts, éteinte et pâle, toujours seule à sa table et que ses camarades fuyaient comme la peste. Un jour après mon cours, elle m'attendait à la sortie de l'université et elle marcha en silence à mes côtés. Au bout de la ruelle, elle s'arrêta devant un bar à bubble teas et les yeux rivés au sol, m'invita à entrer en bafouillant, pour "avoir mon avis sur un point particulier". J'acceptai de suivre l'adolescente de seize ans et demi jusqu'au toit terrasse. Juchées sur de hauts tabourets, nous pouvions apercevoir la cime des arbres séculaires de l'avenue Lê Loi. Trang était à côté de moi. Je lui souris. Alors, le regard en joie, elle s'empara de la carte et me présenta les *spécialités* de la maison. Me regardant dans les yeux et en baissant la voix, elle m'invita à faire mon choix et me pria d'accepter son invitation. Gênée, j'eus besoin de quelques secondes pour reprendre mes esprits. "Je prendrai un thé au lait au sucre brun", essayai-je de dire le plus sereinement possible. Elle exulta et je crois même qu'elle me fit un clin d'œil. Claquant des doigts à l'intention du serveur, elle commanda avec assurance : “Deux thés au lait au sucre brun !” Je réalisai alors que sa tenue, sac à dos et casquette inclus, était entièrement noire ; seules ses chaussures en caoutchouc arboraient des taches couleur kaki. Heureusement, le thé au lait qu'on nous apporta, embaumant la vanille et crissant de glace pilée, m'offrit un prétexte pour me soustraire à son regard exalté. Je crois me souvenir qu'elle était hantée par un *cauchemar**. Un cauchemar qui la poursuivait depuis ses premiers jours de CP, et dont l'origine était un garçon *cruel**, son voisin de pupitre. *Ce monstre**, dit-elle en insérant continuellement des mots français dans son discours, lui donnait des coups de règle en bois sur la tête. Mais elle souffrait surtout du fait que ses parents ne l'avaient jamais crue. “Ils ne pensaient qu'à leur business”, dit-elle. Non pas que je n'eusse pas de peine pour elle, mais la gêne que j'avais ressentie un instant auparavant ne cessait de resurgir et m'interdisait de la regarder. Brusquement, Trang saisit mon bras et me dit que je lui faisais penser à une dame qui lui enseignait le français à cette époque. Elle appliquait de l'eau chaude sur ses bleus et dormait avec elle tous les soirs où ses parents étaient absents… Prise de panique, je me levai en sursaut, laissant derrière moi mon gobelet de thé au lait à moitié bu et l'étudiante au visage hébété. Le mois dernier, en repensant à elle, je m'étais rendue à l'administration dans l'intention de jeter un œil à son dossier. La secrétaire m'avait répondu qu'elle l'avait classé aux archives, avec les autres dossiers des étudiants qui avaient abandonné leur cursus. Après quelques mois passés dans cette université, j'avais compris que “classer aux archives” était un synonyme de “mettre à la poubelle”.

— Tu as faim, ma fille ?

Mon père s'était réveillé. Avec les antidouleurs, il avait dormi comme une souche. Terrifiée à l'idée qu'il ne se réveille plus jamais, je fus tentée de le secouer, mais j'étais chaque fois retenue par la vigilance du jeune patient. Allongé sur son lit avec sa jambe plâtrée reposant sur un tas d'oreillers, il observait tout ce qui se passait et dirigeait son petit monde. Au début, cela m'avait rassurée : je me disais que même avec des ailes, mon père ne pourrait pas s'échapper d'ici ; pas d'inquiétude à avoir si je m'endormais ou si j'avais besoin d'aller prendre l'air dans la cour. Je réalisai tristement que je commençais à m'accoutumer à ce que l'on nomme la surveillance de masse. Je songeai que si P me voyait, il ne manquerait pas d'ironiser : "Félicitations pour ton nouveau rôle de geôlière !" Ou bien : "Bravo pour t'être aussi vite réintégrée à la société vietnamienne !"

Mon père me regardait fixement.

— Qu'est-ce que tu lis ? demanda-t-il voyant un livre entre mes mains.

Je lui montrai la couverture : *Le Crime de l'Orient-Express*. Il le contempla un instant et approuva d'un signe de tête. Je n'en crus pas mes yeux. Moi qui avais imaginé la tête qu'il ferait en voyant le nom d'Agatha Christie.

— Maintenant, je ne lis que des *polars** !

Il ne réagit pas, comme s'il n'avait pas entendu. Je répétai :

— Je ne lis que des *romans noirs** !

Silence.

— J'ai laissé tous mes livres de recherches en France, ajoutai-je.

Son œil droit sourcilla légèrement. Après une minute, alors que je ne savais plus quoi ajouter, il me dit :

— Je viens de me faire faire une carte bancaire, achète-toi tous les livres que tu veux !

Je ne répondis pas. Ces derniers mois, je n'avais pas dépensé un sou chez Amazon. Je n'avais pas encore lu la moitié des romans policiers que j'avais rapportés de France. Je décidai, lorsque je les aurais tous lus, d'apporter une liste d'une demi-douzaine d'éditions de poche de Manchette ou de Simenon et quelques livres de cours pour que la direction les commande sur Amazon. La secrétaire m'avait dit que la section de français disposait d'un budget d'environ trois cents euros par an. D'après mes informations, celui de la section d'anglais était beaucoup plus conséquent. Les enseignants y étaient nombreux et donnaient des dizaines de cours par semaine. Ils touchaient les revenus les plus élevés de l'université car ils donnaient aussi beaucoup de cours particuliers à l'extérieur. Depuis la levée de l'embargo américain, les Vietnamiens sont dingues de certificats d'anglais. Les professeurs de russe et de français, pour survivre, ont été obligés de s'aligner et de se former à l'anglais. Ce midi, en apprenant que mon père était à l'hôpital franco-vietnamien, ma mère avait téléphoné à ma sœur. Bien sûr, ce n'était pas pour prendre des nouvelles de son ex-mari. Elle n'avait besoin de rien pour elle-même. Si elle devait avoir le *crabe*, elle se soignerait toute seule à l'aide de la médecine traditionnelle chinoise. Elle voulait simplement demander quelques millions de dongs pour que "les petites" prennent des cours de préparation au *tâu phân*. "Les petites", c'est ainsi qu'elle appelait ses filles issues de son second mariage. Quant au *tâu phân*, je compris après un instant de réflexion qu'il s'agissait du TOEFL[1] prononcé à la vietnamienne. Après lui avoir fait un virement, ma sœur vint aux nouvelles de notre père et me demanda comment notre mère avait pu savoir pour sa tumeur à l'estomac. Je lui dis qu'elle avait consulté son horoscope. "Cette année, Papa est sous l'influence néfaste des étoiles Véga et Polaire." À l'instant au téléphone, elle m'avait confié : "Je serai bientôt milliardaire, ma fille." Je me souviens du jour où l'on s'était revues pour la première fois après mon retour, chez ma sœur. Elle m'avait dévisagée de la tête aux pieds, puis me prenant la main, elle m'avait dit, sur un ton plein d'affection : "En me basant sur la superficie, je pourrais obtenir un milliard de dongs ; mais j'en exigerai cinq, pour que les gens sachent qui est votre mère." Voyant mon air étonné, ma sœur m'expliqua que des promoteurs immobiliers avaient l'intention de racheter notre ancien HLM et de le raser dans le but de construire un immeuble de standing. Notre mère s'était enquise auprès de ma sœur sur le moyen de rester le plus longtemps possible dans son logement, afin de pouvoir obtenir le maximum en compensation. Ce midi, après m'avoir raconté

1. Le *Test Of English as a Foreign Language* (prononcé *"tofeul"* ou *"teufeul"* en français et *"tâu phân"* en vietnamien – le *l* final n'existant pas dans cette langue, il est remplacé par un *n*) ou Test d'anglais langue étrangère, est un test reconnu internationalement, visant à mesurer les aptitudes en langue anglaise des candidats dont ce n'est pas la langue maternelle, aux universités anglophones. La connaissance de l'anglais étant un marqueur de statut social élevé au Viêtnam et son apprentissage représentant une manne financière importante, de très nombreux établissements préparant à l'obtention du TOEFL y ont vu le jour ces dernières années.

l'appel de ma mère, ma sœur soupira : "Je ne comprends pas la logique de maman : d'abord elle veut deux milliards, la semaine d'après trois milliards, puis la semaine encore après cinq milliards." Je n'osai lui révéler que son exigence s'élevait maintenant à un million de dollars.

Mon père brisa de nouveau le silence par surprise :

— Je suis en train de lire *Le Meurtre de Roger Ackroyd* !

Son sourire forcé ne rafraîchissait pas vraiment son visage, mais sa voix me rappela le jour où il vint me chercher à l'aéroport. Il m'avait conduite à cet appartement avec deux chambres à coucher, me disant qu'il me l'avait acheté avec son propre argent. Il y avait tant d'émotion dans sa voix que j'avais eu l'impression qu'il m'offrait un palais.

Ce fut mon tour d'être émue. Je me levai brusquement en direction de la fenêtre. L'ambulance de tout à l'heure avait disparu. Dans la vaste cour ne restaient que les silhouettes des arbres en contrejour dans le crépuscule. Au portail de l'hôpital apparut une grande jeune femme à la peau ambrée et aux cheveux frisés, marchant tel un mannequin sur le catwalk. La fenêtre était hermétiquement close, mais je percevais le crissement du gravier sous ses pas. Je pouvais voir ses jambes, assurément belles et longues, sous la fine robe noire.

— Demain matin je t'apporterai des Agatha Christie !

Mon père ne répondit pas. M'avait-il entendue ? Je voulais lui dire que comme lui, j'avais découvert les romans policiers avec *Le Meurtre de Roger Ackroyd*. Que grâce à cela, les dix heures et quelques du vol Paris-Saigon ne m'avaient pas semblé interminables.

Mais une équipe composée d'un médecin et d'infirmières entra en poussant un chariot : c'était l'heure de changer les bandages du jeune patient, et ils me demandèrent de sortir de la chambre durant une heure.

Il m'attendait au portail de l'hôpital. S'inclinant tout en m'indiquant le siège de sa Vespa, il m'invita à aller manger une glace :

— Chez Don Giovanno, vous m'en direz des nouvelles.

Tandis que je prenais le casque argenté qu'il me tendait, l'idée de repartir pour la France me traversa l'esprit. Elle me donna le tournis quelques secondes, manquant de me faire tomber à la renverse. Par expérience, je ne m'accrochai pas à ses flancs et posai directement les mains sur ses épaules. Je lui demandai si c'était loin d'ici. Il était prêt à y aller à pied si je le voulais.

— Surtout pas, la glace fondrait.

Il ne comprit pas mon intention, mais je ne comptais pas lui expliquer, pas plus que de lui demander comment il avait su que je me trouvais à l'hôpital, et s'il m'attendait depuis longtemps.

Chez Don Giovanno, on nous prévint qu'il y aurait de l'attente, au mieux une demi-heure, au pire cinquante minutes.

— Vous feriez mieux de réserver la prochaine fois.

Sur ce sage conseil, on nous indiqua un petit coin juste à côté de la porte d'entrée, où se trouvaient quelques chaises vacantes, tout en nous faisant signe de nous y asseoir pour patienter. Il avait l'air déçu. Il répéta à quel point il était désolé, il ne s'attendait pas à ce qu'il y ait foule un jour de semaine.

— Et nous ne sommes que l'après-midi, se plaignit-il.

Et moi pour le rassurer :

— Cinquante minutes, ce n'est pas si terrible.

Une fois de plus, il ne comprit pas ce que j'avais voulu dire et je ne comptais toujours pas le lui expliquer. Aujourd'hui il portait des vêtements blancs et des sandales de cuir. Il ressemblait à mes étudiants en dernière année.

Il se mit à pleuvoir. L'air se rafraîchissait. Il n'y avait pas l'ombre d'un piéton dans la rue. Seulement quelques motos qui roulaient à toute allure. Les conducteurs étaient cachés sous des imperméables qui les recouvraient de la tête aux pieds et il était impossible de dire s'il s'agissait d'hommes ou de femmes. On dit que foncer à moto durant la nuit procure une sensation d'ivresse. Si je voulais découvrir cette ville, il me faudrait apprendre à maîtriser l'accélération, l'embrayage et le changement de vitesse.

Soudain, dans le martèlement de la pluie contre la vitre, on entendit la musique d'un piano à queue en provenance de la grande salle. Je lui lançais un regard à la dérobée et ne vis que le demi-profil de son visage triste. Depuis mon retour, après ma sœur et mon père, il était probablement la personne que j'avais vue le plus souvent. Malgré cela, nous pouvions difficilement nous considérer comme des amis, car j'ignorais jusqu'à son nom. Ou plutôt, je ne voulais pas le savoir. En quoi connaître son nom aurait-il changé notre relation, que nous ne pouvions même pas définir ?

Sans me regarder, il me dit qu'il avait réfléchi. Il pensait qu'il avait le devoir de me dire quelque chose.

Son air grave m'inquiéta. Savait-il quelque chose au sujet de mon père ? Une mauvaise nouvelle, que l'hôpital cherchait à annoncer à la famille sans la brusquer ? Comme s'il avait lu dans mes pensées, il secoua la tête :

— Soyez tranquille, votre père va bien, d'après les résultats de sa biopsie, il ne s'agirait que d'une *tumeur bénigne**.

Je le regardai avec reconnaissance, bien que je ne sache pas d'où il tenait cette information. Connaissait-il quelqu'un au sein de l'hôpital ? Et quand avait-il commencé à apprendre le français pour avoir un accent aussi impeccable ? En dehors des nouvelles sur la santé de mon père, aucune ne pouvait me faire peur. La fermeture de l'université ? J'en avais déjà assez de jouer les guides touristiques pour mes étudiants qui visitaient Paris à travers leurs écrans d'ordinateur portable. Ma sœur arnaquée avec ce projet de construction de la plus grande pagode de la péninsule indochinoise ? Peut-être ferait-elle bien de retourner à une vie un peu plus laborieuse afin d'être en phase avec son jeune François II sans le sou. Ma mère expropriée de son HLM par les escrocs de S Group et ne touchant que deux milliards au lieu des cinq escomptés, ce qui la ferait pleurer davantage que le décès de sa propre mère ? Qui sait, peut-être que mes demi-sœurs auraient moins le goût du luxe et qu'elle-même envierait un peu moins mon père chaque fois que celui-ci devrait séjourner aux urgences de l'hôpital international.

Mais que voulait-il me dire exactement ?

Il pleuvait toujours.

On nous informa qu'une table s'était libérée. Je me tournai vers lui : je ne pouvais pas rester.

— Je prendrai juste deux pots de glace pour mon père. Pourrez-vous me ramener à l'hôpital après cela ? Telle était la dernière faveur que je lui demandais.

Il me regarda stupéfait. Depuis tout à l'heure, il attendait pour me dire quelque chose. Mais peut-être que la pluie battante, ou le son si agréable du piano… Il se leva, me fit signe de rester assise et se dirigea rapidement vers le bar.

Quelqu'un poussa la porte et entra dans le café. Un parfum, des tintements de bracelets. La grande jeune femme que j'avais aperçue tout à l'heure à la grille de l'hôpital vint s'asseoir sur l'une des chaises à côté de moi. Je pouvais sentir son souffle. Le piano se tut soudainement et un homme vint vers nous. Je me frottai les yeux, me coiffai en vitesse du casque de cosmonaute et tournai la tête dans une autre direction.

— Tu es là depuis longtemps ? Pourquoi ne m'as-tu pas envoyé de message ? – Sa voix était un peu différente de ce matin, et au lieu d'une blouse, il portait une chemise et un jean.

— Je t'écoutais jouer.

La voix de la jeune femme était suave, comme celles des femmes du Centre du Viêtnam. Encore le tintement des bracelets. Et le bruit de leurs pas qui s'éloignent, vers la grande salle. Je croyais ne plus jamais revoir le Dr Lê, mais il revint quelques minutes plus tard, m'invitant à me lever. En désignant les boîtes de glace que mon cavalier tenait dans ses mains, le Dr Lê me fit un clin d'œil et me dit en français sur un ton espiègle, mais qui ne manquait pas d'élégance :

— Mademoiselle, ce qui guérirait votre père, ce n'est pas de la *glace vanille-pistache**. Il voudrait que vous preniez l'avion au plus vite.

À la grille de l'hôpital, il me regarda fixement, m'obligeant à lui tourner le dos. Arrivée à la porte de la chambre de mon père, je me rappelai qu'il y avait encore cette chose qu'il ne m'avait pas dite. Demain, s'il restait de la place dans l'avion, ou la semaine suivante, je rentrerais à Paris. La France venait d'entrer en grève contre la réforme des retraites. Les syndicats avaient déclaré qu'ils ne cesseraient le combat qu'après avoir obtenu gain de cause. Les transports publics seraient sûrement paralysés, comme chaque année de mon séjour en France : tous les ans un mois de marche à pied pour me rendre à l'université. J'imagine P très occupé, avec une femme et des enfants. Peut-être a-t-il changé d'appartement, ou même déménagé dans une autre ville. Peut-être ne nous reverrons-nous jamais. Si par hasard nous nous croisons dans la rue, peut-être me saluera-t-il comme une ancienne connaissance, et peut-être le saluerai-je moi aussi comme une ancienne connaissance. La nuit dernière, cet endroit… l'endroit aux roseaux blancs et au banc de bois à la peinture écaillée m'est revenu en rêve, m'empêchant de retrouver le sommeil jusqu'au matin. Cet endroit du parc aux roseaux…

Paris, avril 2020 – Saint-Nazaire, avril 2021

OUVRAGE RÉALISÉ
PAR L'ATELIER GRAPHIQUE ACTES SUD
ACHEVÉ D'IMPRIMER
SUR ROTO-PAGE
EN FÉVRIER 2023
PAR L'IMPRIMERIE FLOCH
À MAYENNE
POUR LE COMPTE DES ÉDITIONS
ACTES SUD
LE MÉJAN
PLACE NINA-BERBEROVA
13200 ARLES

DÉPÔT LÉGAL
1re ÉDITION : AVRIL 2023
N° impr. : 102023
(Imprimé en France)